凶心人

变形人

XIONG XIN REN

BIANXING REN

那多 著

北京联合出版公司
Beijing United Publishing Co.,Ltd.

那多（男一号）

　　晨星报社记者，强烈的好奇心和对任何事物的怀疑态度，以及记者的身份，使他常常接触到这个世界被隐藏起来的另一面。平心而论，称他为冒险家比记者更合适。

梁应物（男二号）

　　那多的好友，双重身份。表面上是某大学的教师，实际上是位具有哈佛生命科学博士与斯坦福核子物理硕士学位、为神秘机构X工作的研究员。为人严肃而极具理性精神，尽管是那多的好友，却从不因公假私。

何夕（《亡者永生》）

　　兼具美貌与智慧的荷兰籍华人，范氏病毒的权威研究人员。在《亡者永生》里，她被病毒感染，体内形成了具有自我意识的太岁。她是那多深爱着的女人。

路云（《凶心人》）

在《凶心人》中以一名大学生的身份登场，实为中国神秘幻术一脉的当代传承者。幻术大成之后，她具有惊人的美貌，但这份美貌的真实成分有多少，永远不会有人知道。

水笙（《变形人》）

听起来像是鲁迅小说里人物的名字，其实却暗示了其非同一般的身份。在《变形人》里，为了爱情，他忍受了十数年痛苦的陆上生活，最终如愿以偿转变成人类，和苏迎在地球的某个角落幸福地生活在一起。

苏迎（《变形人》）

与她接触越多，谜团越多的女子。到底是她精神分裂，还是其言确有其事？

叶瞳（《坏种子》）

某机关报社的美女记者，具有比那多更强烈的好奇心，这往往让她对一些事情做出过于夸张的猜想。其出身颇为神秘，在《坏种子》的故事中有更详细的描述。

夏侯婴（《幽灵旗》）

三国时期夏侯家族的后裔，懂得曹操墓中暗示符。在《幽灵旗》中曾被暗世界的 D 爵士邀请参加在尼泊尔举行的非常人类的聚会（非人协会），在那里遇到已经中了暗示的那多并成功将其救治。在《暗影 38 万》中受海盗王之子郑余的邀请上羿岛基地，为那些具有意念移物这项超能力的人做自信的心理暗示。

卫先（《幽灵旗》）

出身盗墓世家，行走在地下世界的历史见证者。在《幽灵旗》中，为夺"天下第一"的称号不惜铤而走险，最终死于曹操墓中的暗示里。

卫后（《神的密码》）

出身盗墓世家，行走在地下世界的历史见证者，卫先的胞弟。被称为"盗墓之王"卫不回之后年轻一代中最具才华天分的盗墓者。

六耳（《返祖》）

原名游宏，同那多一起游玩于福建顺昌时被导游起名"六耳猕猴"。机缘之下，出现返祖现象，全身长毛，毛发可随心所欲地变幻出各种形态，有如齐天大圣的七十二变。

X 机构

一个不为世人所知的官方的庞大地下机构，专门调查和研究一切大众认知以外的事件。其成员大多是一流的科技精英，也集中了一些传承古老中国的神秘势力。总之，关于这个机构，我们不了解的永远比了解的多。

注：人物后面的作品名为该人物首次出场亮相的作品。

所有女生都缩在洞口，没有一个人愿意走到那些尸骨中去。男生则用手电筒的光照来照去，小心翼翼地走动着。

我的眼睛从面前的枯骨上慢慢扫过去，心里不由得冒出了这样的念头：这些人莫非就是困死在这儿的？当年，他们也是走了进来，然后发现再也走不出去了？

如果找一堆磷光强的白骨来，堆成一堆，恐怕也能起到一定的照明效果。这种念头只能想想而已，真的实施起来，说不定会把心理承受力弱的学生逼疯的。

CONTENTS

手中的手电筒，不知在多久以前，已经完全没电了。我摸着石壁向前走，一定要摸着些什么，才能让我的心里踏实一点，让我坚持着，不要放弃。

第十八天了，还有六十七个，疯了的鲍三和招娣终于被吃掉了，阿勇和鲍月还是在一起。好吧，如果你们可以一直这样的话，我就放你们出去。

现在的气氛已经充满了火药味，彼此积压的不满会一下子爆发，只要有一个人先动手，所引发的连锁反应足以造成类似一百多年前的严重后果。

尾 声　　　102

　　其实，还有一件事。我想梁应物也和我有同样的想法，只是我们谁都没有交流过。

　　萧秀云真的从此烟消云散了吗？

　　路云告诉我们的，就是真的吗？她虽然带我们出了人洞，又怎知不是因为遵守承诺，而是恢复了"路云"的人格灵魂？

　　六百多年前，上海还是一个小渔村？如此说法有望被彻底终结。元代建造的石闸近日被挖掘出土。这是上海考古史上最重大的发现，也是全国重大考古发现之一。

　　所幸我知道我并未遇上什么超现实的东西，因为有明显的证据——那摊血迹还留在原地。我相信，我看见一只猫被轧死这件事是千真万确的。问题在于，尸体到哪里去了呢？

　　我正要走出门口，忽然她又开口问道："你想不想知道昨天晚上我在那儿干什么？"

　　我等着她给我答复，她却沉默了一下才开口。

　　"我在找海底人。"她一本正经地说道。

　　我在脑中想着建造者的种种可能，忽然想到很多人都认定金字塔是外星人的杰作，那么志丹苑遗址也许是海底人建造的，也不一定。我不由得苦笑一下，我现在采访的是一位考古学家，不是天真幼稚的女大学生。这个荒唐的念头立刻被我抛下。

　　我苦苦回忆有关这只猫的一切，被卡车轧过，夜半的叫声，从楼上跳下向我袭击，最后一次见它时悲哀的眼神，仿佛要流出眼泪般无助……我突然产生了一个念头。

　　也许，这只猫是自杀的。

　　蚯蚓三种固有的特性正好与三种变异生物一一对应，这不会仅仅是一个巧合。那么，难道猫的软骨、蟑螂的分体不死、海水鱼的钻沙，竟然都是以蚯蚓为蓝本进行的变异？

"确实有问题。"她说道，视线仍没有从井那边移开。
"它在发射一种波动。"
她转过脸来，向我说出了结论。

伴随着海浪的声音，电话里还传来一阵苏迎银铃般的娇笑声。我想，水笙一定正在某片沙滩上，和苏迎一起享受大海、阳光和作为人的生命。

长生不老的生物，这真是令人难以相信。
而由水母进化而来的海底人，又和灯塔水母有什么关系呢？
这个生活在海洋中，远比人类更神奇的庞大族群，还有多少我不知道的秘密呢？

凶
心
人

·
·

楔　子

神农架300多具尸骨叠积

日前，有关人士在神农架新华乡南部猫儿观村一山洞里，发现了100多年前留下的层层叠叠的尸骨。

该洞被当地人称为"人洞"，位于鲍家山的一处绝壁上。由新华乡组织的探险队在当地村民袁作清的带领下经过艰难跋涉找到了该洞。走进洞里一看，遍地是尸骨，让人触目惊心。

据考察，这些尸骨已存在100多年了。从现存的骨骼辨认，有男有女，有老有少，共300多具。洞中的水潭边上，有不少儿童的骸骨。

仔细查看洞内四周，发现人们曾在此生活过的痕迹。杯盘碗盏的碎片和烧过的木头竹片，仿佛述说着当年人声鼎沸的景象。

数百人为何同居一洞？是什么原因导致他们命丧黄泉？答案有待进一步考证。

据人民网

第一章

噩梦重现

Chapter 1

《晨星报》的新闻中心如往日一般烟雾缭绕。

"噼噼啪啪"的打字声、重叠在一起的电话铃声、笑声骂声还时不时夹杂着杂物掉在地上的声音，真是热闹极了。

这是下午三点半，报社最忙的时光才刚刚开始。

"到得挺早啊，那多。"一个声音仿佛从遥远的地方传来，晃晃悠悠飘进我的耳朵。

这是经济部的报花林海音在挪揄我，我总是懒一段时间又勤快一段时间，上星期属于前者，几乎都在四点后才进报社。

"发什么愣呢！"林海音见我没反应，把头凑过来，靠近我耳朵大声说。

"哦！"我醒转过来，转头冲她一笑。

当然笑得很勉强，我能感到嘴角的肌肉是怎样被一点点牵动的，牵得脸颊都微微颤抖起来。

"你脸色怎么这样白？"林海音打量着我问。

我正要说话，这才反应过来，嘴里还含着一口铁观音。这口茶我已经含在嘴里几分钟了，现在已变得温热，但舌头突然痛起来，然后整张嘴都热辣辣的。好吧，我什么时候居然冒冒失失地把滚烫的茶就这样喝进嘴里了？我偷偷扫了眼电脑屏幕，不禁打了个寒战。

"这天你还冷？"

我尽量收回游离的神思，一口把茶喝下去。

"冷啊，所以脸白嘛，防冷涂的蜡。"

林海音啐一口，走回自己座位去了。

我看着她走开，视线重新回到屏幕上，那个触目惊心的新闻标题：神农架 300 多具尸骨叠积。

人洞！

对啊，就是人洞。

我从未想到，这辈子会再听到这两个字。而且，仅仅是在那件事过去不到一年的时间。

我确信这支探险队和写出这篇报道的记者，绝对不知道"人洞"这两个字背后的东西是多么令人震惊和恐慌，其诡异凶险的程度要远胜过洞里的枯骨。

这是 2002 年 5 月，距离我从人洞里出来已经过了一年。

让我喘口气，喘口气。这事情是怎么又出现在我眼前的？

是的，我是在上网浏览新闻时看到这则消息的。

我每天到报社的第一件正事，就是上网看一下当天或前几天的新闻。像我这样没有条线的记者，更是什么杂七杂八的新闻都要关心。这种关心并不是源自我对这些新闻本身的兴趣，恰恰相反，有时候我连自己工作的报社的报纸《晨星报》都懒得看。

会不会上网看新闻，怎么看，这是决定一名记者是否优秀的重要指标。我可以厚着脸皮在这里说，就上网看新闻这个方面，我是非常擅长的。

或许很多新入行的记者同行会不太明白，看网上的新闻和自己采访的关系。哦，我想，把其中的诀窍略微透露一下也没什么关系，虽然我会有所保留，但如果一名新记者有优秀的潜质，不用我多说什么，甚至不用我说，日后也会渐渐明白这个道理，但如果他愚笨不堪，我说得再明白对他也是白搭。许多事情都是这样的。

　　或许有些自作聪明的人看到这里会认为，网上的新闻之所以对我们记者有用，是因为网络无国界，直接拿下来就是。不是没有人做这样的事，但那样做的大多数是编辑，尤其是他在编第二天的报纸时，忽然发现没有足够的新闻稿，不得已只好从网络上照搬下来。但决不会署个人的名字，通常以"本报综合报道"出现，其实哪里是什么综合报道，抄抄而已，有的时候起一个"综合"的名字也是常用的手法。但是，如果一份报纸上整天都是这样的报道，不但在业内的声誉会一落千丈，恐怕报纸的销量也会迅速下跌，所以这种方法只能在迫不得已的时候偶一为之。

　　对不起，对不起，我说了一堆乱七八糟的东西。我想你能理解，我需要镇定，镇定，镇定，镇定，镇定，镇定，镇定！

　　让我再假装镇定地说些废话。废话总是有价值的，我一向这么认为。

　　我先前所说的，当然不是那种利用网上新闻的害处极大的方法，而把网上的新闻直接署记者自己的名字则更是犯了行内的大忌。真正正确的方法是，利用网上新闻里透露出来的信息，进行二次采访。

　　恕我直言，这个世界上愚蠢的人永远是大多数，在记者这样一个对个人判断力和文化修养要求相对较高的职业里，其实情况也是这样。

　　你往往可以看到，一篇长达千字以上的新闻，其实什么内容都没有，无关紧要的和大家都知道的事写了一大堆，真正有新闻价值的事反而草草带过；相反，一个背后很可能大有文章的新闻，结果只写了二三百字小消息的情况也屡屡发生。如果在网上看到这样的新闻，那就有福了，根据上面的线索，一个电话打过去采访，立刻就可以写出非常好的新闻稿，有两次我还因为这样的稿子而得了报社的奖金，真是"得来全不费工夫"。

　　所以，像我这样优秀的记者……够了！

　　我不知什么时候已经从座位上站起来，一拳捶在显示器上。显示器上的新闻页面扭曲起来，周围的同事都惊讶地看着我。

　　够了。

我吁了口气，向他们笑笑，重新坐下来。显示器上，关于人洞的新闻页面又恢复正常。

这则新闻，挂在搜狐网旅游频道的奇闻栏目里。具体内容，你把这篇手记往前翻几页就能看到。

一股巨大的力量，埋藏在我心里的极度恐惧，让我在看见这则新闻的第一时间，就被吸入了那段拼命想忘记的回忆里。

这是一段可怕到我原本不想写入手记里的回忆，一瞬间，全回来了。

新闻的后面，有一些网友的回帖，许多网友坚信这是一则假新闻，觉得很荒谬。天，单单300多具枯骨就觉得荒谬，如果他们看到我这篇手记，不知会作何感想。随他们去想吧，毕竟，知道真相的人，这个世界上只有十几个人而已。确切地说，是十四个人，加上你，十五个。

一切都已经过去了。我对自己说。

那支探险队又去过那里了，还有一名记者写了，足以证明他们平安无事。那个噩梦，不会重演。

真的吗？

真的……真的不会再发生吗？突然之间，我变得不太确定起来。因为"它"可能并没有被真正消灭，从某种角度说，"它"还活着，就活在我生活的这座城市——上海。

我决心把这个故事写出来，相信我写完之后，就可以真正从一年前的那场阴影中解脱出来。

那么，让我们回到一年前。

2001年，夏。

我国的教育机制，一直有着这样或那样的问题，往往学生承受着数倍于他国同龄人的课业压力，而综合素质却稍嫌逊色。鉴于这种情况，最近几年来，教育体制改革的力度越来越大，同时，为学生"减负"和"素质教育"的呼声也一年比一年高。其覆盖面之广，从学龄前一直到大学。

2001年夏天，正逢推行素质教育的一个高峰，作为媒体，关注和推动教育体制改革的责任义不容辞。可是像《晨星报》这样的以上班族为主要阅读人群的报纸，总不能用大量的篇幅去做小学生、中学生的素质教育，所以除了对整个教改情况的报道之外，具体就只能关注大学生的素质教育了。我由于是"自由条线"记者，所以也被告知要多注意这个方面的新闻线索，发现有价值的就要做大、做足、做好。

说来也巧，F大的生物系打出"素质教育""吃苦教育"的旗号，在暑假里组织了一次神农架地区的野外考察，要通过在原始森林里的长时间跋涉，锻炼大学生的意志力和生存动手能力。之所以说巧，是因为带队的老师名叫梁应物，是我的好朋友兼老同学。于是，很自然地，我向单位申请了二十天的出差，准备和这支大学生考察队一起去神农架。当然，出差费用由报社负担，我只要在回来之后交上一篇4000字的长篇通讯就可以了。做记者就是有这点便利，常常可以免费旅游。

梁应物是F大的讲师，除了长得好一点、上课生动一点外，其他的和一名普通的大学年轻老师也没什么区别。可是我知道，那只是假象。如果不是在一次奇遇里撞见他以另一重身份活动，我到现在都不会知道，原来国内竟然还有一个这样庞大而神秘的X机构，当然更不会知道梁应物是X机构的研究员了。

事实上，梁应物拥有哈佛大学生命科学博士学位，就这个学历而言，梁应物的年轻充分显示了他卓越的学术能力。梁应物的另一重身份不允许他在日常生活中太过招摇，所以他在学历上稍稍动了手脚，对F大而言，这位年轻的讲师不过拥有哈佛大学的学士学位罢了。

X机构是存在于普通人感知之外的，就是我们记者，相信知道这个机构存在的也没几个。虽然它也是一个半军事化的部门，并且级别相当高，但和国家安全局相比，性质上还是有很大的区别。就我目前所了解的，这个机构虽然神通广大，触角庞大而敏锐，但基本上它还可以说是一个研究机构。在这个世界上，常常会发生一些一般人无法接受甚至完全脱离现有科学准则的事件，这些事件有的没什么后遗症，有的却影响深远。在国内，这样的特异事件就由 X 机构全权负责，相信其他每个大国都有类似的机构。

我这个人，也不知是幸运还是倒霉，总是接二连三地经历怪异甚至诡异的事件。或许这该归咎于我那过分旺盛的好奇心，在采访中偶然碰到一次超常经历后，就非常注意各种不同寻常的消息和状况，有些平常人觉得毫不出奇的地方，我也时常产生"真相就是上面写的这样吗"或者"真的就只有这些而已吗"之类的疑问。所以，绝大多数的奇怪经历，可以说是我"自找"的。这种经历多了，和 X 机构打交道就在所难免。不过这个故事和 X 机构并没有多少关系，所以谈到这样的程度，就可以打住了。

神农架这个地区，因为野人和其他各种各样的传说，始终笼罩着神秘的气氛。要到这样的地方去，我这个好奇心极重的家伙，当然免不了有些兴奋。购置好强力手电筒、驱虫药品、压缩饼干等想得到的东西，带了个睡袋，出发的那天晚上，我到火车站和梁应物及考察队的十二名队员会合。

计划是从上海乘火车到武汉，到了武汉再转乘大巴经巴东进入神农架。看到甚至比我更兴奋的大学生们，我不由得愣了一愣。原以为我的行李已经够多了，没想到这里比我带得多的人有的是。一个女生甚至带了两个大旅行袋和两个小旅行袋，外加一个随身挎包，由父母帮着扛上火车，看来到时候团里的男生有苦头吃了。

大家要一起相处近二十天的时间，我还要采访写稿子，进了神农架，在原始森林里大家免不了要相互扶持，所以不管我对这些大学生持怎样的观感，还是要和大家尽快混熟。我这几年的记者可不是白当的，加上这些学生对记者这个特殊行业也很好奇，所以到第二天清晨，上了武汉的大巴时，我已经基本和这十二名大学生熟悉了，并且开始谈笑起来。

十二名学生，五女七男。其中一男一女，最引人注目。

男的名叫何运开，手臂上的肌肉高高堆起，胳膊有我的小腿粗，至于胸肌更是惊人，我瞄了一下，五名女生里好像没有一个胸前的高度能赶上他。听说他是练健美的，一身皮肤晒得黝黑。在我的审美观里，健美练到这种程度已经有点可怕了，不过看何运开的神情，应该很为自己的一身肌肉骄傲。

女的名叫刘文颖，引人注目的理由很简单，因为她是个美女。圆脸，大眼睛，挺直的鼻梁，大胆的露脐装更让她看起来活力四射。这是个很外向的女孩，到了哪里都是中心人物。只是在我看来，她总是有意无意地往梁应物那里凑，而在梁应物的面前，她的笑容也最灿烂。

梁应物可称得上是青年才俊，海归的资历，加上另一种身份熏陶下自然产生的神秘气质，再配上原本在大学时代就被人称道的英俊脸庞，要是没有女生暗恋他才叫奇怪。只是这家伙事实上一点趣味都没有，脑子死板得很，真的做了他的女朋友，也不见得是多么幸运的事。

另外的一对男女也颇引人注目。倒不是这两名学生有什么特异之处，只不过他们到了哪里都形影不离，那个名叫费情的女生更是一有机会就把整个人黏到卞小鸥——那个男生的身上，坐巴士的时候，整个人都躺进了卞小鸥的怀里。这两人是什么关系，当然就不用我再来多嘴了。只不过看这两人的架势，还真不像是去野外探险，倒像是在公园里游玩。

而袁秋泓，这个长得微微有些福气相的女孩子，一看就是大户人家里出来的。我这里说的大户，当然不是中国内地股票交易所大户室的大户，而是家境很好，并且有不错的教养的意思，通常这样的家庭，或者有些可以说是家族，不可能是在这一代里暴富起来的。或许袁秋泓并不太愿意别人注意到这一点，但是她在火车上往睡铺上铺的塑料薄膜，坐姿和喝茶时拿杯子的手势，以及刚上大巴时轻微皱了一皱的眉，已经足够让我判断她的基本家世情况。或许，这个小姑娘是意识到了自己的娇气，故意通过这一次的野营来锻炼一下自己吧。

我想在这里有必要说明一点，以免有些人看了我在这里的叙述，误以为我是个没事就盯着小女生看的变态狂，虽然看到美女的时候，我的确会好好地扫几眼，从脸，到胸，到腰，到臀，到腿，或许还会看一看头颈和手，因为我是一个正常的并且自认对美女有几分品位的男人。袁秋泓不是美女，但由于我的职业原因，我对周围人的一些细节观察得很仔细。并且自从经历过一些不可思议的事件之后，我的这一习惯更加牢固，因为有时候这会救我的命。

与袁秋泓相反，另一个梳着油亮分头的男生朱自力，虽然一路上都发表着各种各样的言论，好似自己博闻强识、知识丰富，但依我看，着实有些浅薄，许多所谓的见闻，与我所知道的事实相差甚远。再看他颈上挂着的玉佩，玉质不错，但造型俗气，梦特娇的短袖 T 恤加不知什么牌子的牛仔短裤，谈笑时粗口不忌，我几乎可以断定他家境甚优，并且于此代发迹，不知他书读得怎样，就这样看来，只是个没什么底气的富家公子哥。

另外的三个男生赵刚、王方圆、林质朴和女生蒋玮一时间看不出有什么出众之处，不太显眼。

令我略有些意外的是，队伍中名叫路云的女生和名叫郭永华的男生看起来颇为内向。照我想来，参加这种活动，虽然可能有着种种目的，但应该都比较外向活泼才对，这两人一路上几乎不太说话，也从不加入别人的讨论圈，郭永华偶尔说起话来，还支支吾吾，不仅木讷，似乎还有点口吃。不过其他人对此习以为常，也没有硬要这两人加入谈话圈，看来他们一向如此。

从武汉到巴东有三四百公里，到的时候已经是下午三四点钟光景。从上海到武汉，城市的风貌已是大有不同，而由武汉再到巴东这座小县城，一路上人烟渐渐稀少，房屋也多有破败，造型也越发简单朴素。一些从外省考进上海的学生倒还没什么，几个在上海生长起来的年轻人就不由得感叹起来。朱自力又开始了一通长篇大论，说这些地方的人虽然非常穷苦，但生性疏懒，也无上进之心，循环往复，看来要发展成上海那样，也不知道得到何年何月。虽然对当地人生活的困境也叹息了几声，但殊无同情之意，倒是袁秋泓，一言未发，专注的眼神里却带了一丝悲悯之色。

我看得出朱自力有些想吸引刘文颖的注意，或许他想吸引所有女生的注意，只是那一番言论平凡无奇，各个地方的差异，从历史到现状，其背后错综复杂的因素，对相关的学者来说也是一门大学问，涉及人性上的异同更是绝难一言以蔽之。不过朱自力滔滔不绝，可以把浅薄的立论发挥到这般程度，有无知少女被他骗到，也未可知。

　　到了巴东，原先的巴士司机因为不熟悉接下来进神农架的山路，保险起见，我们换了一辆长途客车，车况比之前要差了很多，开起来发动机的声音像打雷一样，震得人脚底发麻，但据说司机开车三十年没出过事故，很是保险可靠。等到这车一震一震地向神农架开去，山路陡峭，有时转弯时，车子的半个轮子悬在半空，我就明白，这司机三十年没出过事故等于白说。在这里要是出了事故，落下个终生残疾能保住性命就算是幸运的了，所以看到的司机该是都没出过事故。大多数的同学都没有这样惊险的乘车体验，在车子拐弯时往往探出头去，看到半个轮子架空在万丈悬崖之上，就齐齐发出惊呼，胆小的女生连看也不敢看，努力缩到靠山壁的那一边，生怕许多人挤到悬崖那边，车子一个失衡就此摔落下去。

　　同行者中，就路云是湖北人。这个长得清清爽爽的内向小姑娘，或许是因为回到了家乡，话也一点点多起来，较在火车上时的木头模样好了很多。许多奇奇怪怪的湖北民俗民风从她的口中慢慢道出，听听倒也挺有趣味。

第二章

去人洞玩耍的阿宝

Chapter 2

一个多小时后，我们到达了三里屯村。这里是此次野外探险的起始地，我们会在这里休整一晚，第二天清晨，将从这里出发，用十五天的时间穿越三百公里的原始森林，到达另一个村子。途中我们会经过五个小型的聚居地，可以补充食物和饮水。

为此次探险加重砝码，同时也让何运开这个猛男大呼刺激的是，这样长时间的野外探险，几乎可以算是在大学生探险史中破天荒地没有当地导游的一次。也就是说，一行十四个人是否能从原始密林中走出来，全得靠自己了。虽然每个人都带了手机和其他一切应用器具，梁应物甚至有一支在当地借的双筒猎枪，可在这个现代社会中罕有的鸟兽称霸的地方，确实没法说万无一失。

不过我和梁应物却并不担心。手上有一张官方印制的详细地图，此外去年曾有一支大学生探险队也走过相同的线路，并且一路详细画下了地图，这一次梁应物拿到了这份地图的复印件，所以不会有迷路之虞。对于猛兽的担忧，一般来说，所有的肉食动物除非饿到极点，通常不会主动攻击人，更不用说这么大的一支队伍了，就算有万一，梁应物手上的猎枪可不是吃素的。

此外，虽然梁应物没有说，我也没有问，但我不相信从 X 机构出来的梁应物，会没有一两件高科技的傍身法宝，就算没有，也会带着比手机更安全可靠的通信工具。所以不请导游，只是增加学生冒险情绪的手段罢了。

学校方面在之前早就和三里屯村联系过住宿和食物的问题。车子一到，村长和几位老人就已经在村子的入口处迎接了，同时还有一些孩童和几个村民围观。这几位老人估计在村子里德高望重、地位很高，看他们白发苍苍，脸上沟壑纵横，在他们面前，我和梁应物也只能算是毛头小伙，更不用说那些学生了。他们也不知道等了多久，还真是过意不去。

这时天色已经不早，长途舟车劳顿，大家都饥肠辘辘。村长也知道这一点，稍微寒暄了几句，就把我们引到吃晚餐的地方。

村子里没有专门的餐厅，但是在村子中央的一大块空地上，早已经生起了篝火，各种各样的美味已经穿在铁叉子上，肉香飘来，看得我们眼珠子都直了，唾液不由自主地大量分泌出来。

不用什么椅子，所有人都席地而坐，除了烤肉，许多菜源源不断地从村子的各个方向端过来。看来村长早已派好任务，许多村民的家里都要一起做菜。我知道学校一定会给村子一笔钱，我估计这笔钱不会太多，但相信对这个村子来说，已是不小的收入了。

和上海的餐馆不同，这里的菜虽然没有大城市饭店里的精致，也没有各种各样的调味品，但出自天然，肉要老一些糙一些，但又鲜又香，还有一大堆刚从山里采来的野生蘑菇，和鸡肉炒一大锅，那滋味，唉，虽然接下来就碰到了极其诡异凶险的事，但之前的这顿晚餐，直到如今还让我直吞唾液。

三四十位村民参加了这一场"晚宴"，或许对于他们来说，这顿大餐也是难得能享受到的。

席间，村民们跟我们说了很多话，但大多数时候我们都听不太懂，这种带着严重口音的普通话，在这样嘈杂环境中，对我们来说和当地的方言没什么两样，又不好意思句句让人家反复说几遍，只好以点头微笑混过去。不过对于学生，路云好像能听懂一些，开始充当两边的翻译，何运开和朱自力与村民们互相拼酒，酒是村里自酿的，酒味很冲人，几轮下来，何运开开始摇摇晃晃，朱自力倒还好，真是让人意外。

有人问在这条路线上哪里比较好玩，什么地方的风景好，看来除了吃苦探险外，大家来神农架一次，也想好好领略一下大自然的风光。于是几位常在山里走的猎户开始介绍这一路的地形，什么地方有小溪，什么地方有瀑布，哪里开阔，哪里幽闭。还说了几个和景观有关的传说，多是男女相恋的故事，很是动人。

忽然，旁边一个脆生生的童音说道："还有人洞啊。"小孩子的普通话要比大人标准多了。

我循声看去，那是一个六七岁的男娃子，张着嘴，脸上的表情很是奇怪。通常小孩子说出的地方，必然是他们常常玩耍的地方，可是他现在的表情，竟好像有一点惊慌失措，仿佛刚刚做了一件错事一样。

"人洞是什么地方啊，一个洞吗，很好玩吗？"袁秋泓笑着问他。

"阿宝，说什么呢！"旁边一个壮年男子呵斥，他一下子站起身来，大跨步走到阿宝的身边，一把拎起他，另一只满是老茧的大手就打在阿宝的屁股上。旁边几个孩子脸色发白，一句话都不敢说。

我的眉头皱了起来。倒不是因为阿宝挨打，这是人家的家务事，我不想多管，而且阿宝可能也就挨几下，一句话犯的错误能有多大？让我奇怪的是，阿宝他爹在打阿宝的时候，表情居然也有点紧张，落下去的巴掌一掌接着一掌，打了十多下都没停下。阿宝像是被打蒙了，也不哭，一句话都说不出来。

人洞，到底是什么地方？这样看起来，倒好似是一个不能提的禁忌！

"别打了，别打了，要把孩子打坏的，算了，他也没什么错啊。"几个女生看不下去了，出言劝止。

"添金，够了。"村长发话了。阿宝他爹添金听了，又狠狠打了三巴掌，终于把阿宝放下。阿宝双脚落了地，呆呆发了一会儿愣，这才"哇"地哭了出来。

"哭，哭什么哭，下次再乱说，打断你的腿。"阿宝他爹大声说。旁边一个女人走出来，看样子是阿宝他娘，拉着阿宝离开了。

我看了梁应物一眼，这"人洞"看来不那么简单，村里人这么忌讳，还是不问的好。

可是大学生们没有这么多顾虑，个个都觉得这事情蹊跷，满肚子的好奇。

"请问，这人洞是什么地方啊？"何运开问了出来。

"这……"村长一脸为难，想了一想，才说，"小孩子乱说话，其实这地方根本没什么好玩的。"

"阿宝这样说，说明他常常去玩喽，怎么会没什么好玩的。"年轻人问起话来就是毫无顾忌，说这话的是刘文颖。不过说起来，我好像也算是年轻人，但和这些大学生在一起，彼此心理上的差距还真是很大。这也可能和我之前的一些奇怪的经历有关，在生死边缘走几遍，再年轻也会很快成熟起来。

"呸，他会常常去玩，那真是见鬼了。"添金说。

村长苦笑道："包括阿宝，没有人会到那里去玩的，我也不知道刚才他为什么会那样说，真是奇怪了。"

这样一说，学生们的好奇心更重了，纷纷出言问询，看起来不满足他们的好奇心也不行，梁应物也只好问村长。

梁应物一问，学生们立刻投来感谢的目光，我心里暗笑他果然懂得为师之道，这一下就收了不少人心，想来在 X 机构中人际关系也是复杂万分，拿些手段出来，这些小孩子还不得被治得服服帖帖。

梁应物开口，村长也不好再隐瞒下去。原来依着我们原定的路线行进，大约走半天的路，在一处名为鲍家山的小山半山腰上，就有这么一座人洞。这洞在几乎可以称作绝壁的陡坡上，一个小孩子是绝无可能跑出那么远的路，到这个就算是成人没有工具也很难进去的人洞里玩的，所以刚才阿宝肯定是在胡说。小小年纪就说谎，这顿打是一定要挨的。

我却在怀疑，阿宝真的仅仅是因为说谎而挨打吗？刚才这顿打可不轻啊，看得出阿宝他爹是下了重手，而不仅是添金，从村长到几位老人，表情都不太自然。当然，这话我并没有问出来。

几乎立刻就有人提议，明天顺便去这人洞里看看。

此话一出，一方面立刻得到其他学生的响应，另一方面村长却变了脸色。

"不能去啊，那种地方，不能去的。"

果然，我心里说。

村长叹了口气，开始解释原因："我们谁都没有去过那个洞，老一辈传下来，那个洞是凶地，谁进去都会有灾祸降临，所以谁都不敢去。"

只不过这个原因对于充满好奇心的大学生而言，根本不能成立，接受了十几年的科学教育，怎么会被这样无稽的理由吓到。

不过村长和几位老人看起来都很坚持，大多数的学生都很识相地不再谈这件事，只有何运开还在说明天一定要去看一看。梁应物见村长满脸担忧之色，只好出言让何运开别再说下去。

晚宴完毕，村长就领梁应物到住的地方，其实就是村民家里。这些村民都是村子里最富裕的，家里也比较宽敞，可就算是这样，也几乎算是"家徒四壁"，有一家最好，有一台二十世纪八十年代产的十八英寸彩电，能收三个台，但不太清楚。而其他没有学生住的人家，大多数还在用煤油灯。艰难的条件可见一斑。

据村长说，就是电，也是前年才通的。而十年之前，这里还完全处在原始生活状态。

安排好住宿，学生们就把梁应物围了起来。所为何事，我和梁应物的心里都有数。

"我们要去人洞。"所有的学生都是一个声音。

梁应物早就料到这个情况，看到学生们态度坚决，也就同意了。对此我也没有什么异议，且不说这种传说不可信的居绝大多数，就算有什么怪异，不是我自诩，我和梁应物可不比常人，可以说大风大浪都见过了，难

道还会在这山沟沟里翻船?

事实证明,我们确实没有翻船,可翻与未翻之间,也就相差一线而已,时至今日,我仍为当时的无知和莽撞后怕不已。

小村的夜晚非常寂静,家家户户睡得都很早。学生们白天坐了一天车,应该说有些累了,但想到从明天开始的探险,每个人都很兴奋。有些人还玩起了探险游戏,黑夜里十几支强力手电筒的光柱照来照去,惹得村里的几条大黄狗狂吠不止。

兴奋过后,有些抱怨就一点点出现,白天出了一身汗,当然要洗了才睡,可是这里没有自来水,只好打冰凉的井水。不说打水不方便,就连一个遮一遮的地方都没有,只好由几个女生站成一圈,把男生赶开,让里面的一个洗。接下来的几天也不知道能不能找到洗澡的地方,所以虽然极为麻烦,也只能将就了。

至于时时出现的不知名但出奇的大的各种外形吓人的昆虫,更是不时引起女孩一阵阵尖声惊叫,在安静的村子里传出老远。

我和梁应物住在村长的家里,村长家是二层楼的房子,五年前起的,听村长说,是在山里挖出了一棵上好野参,卖了好价钱,这才有钱起房子。村长把整个二楼都让了出来,两间房住了四个人。

有些事白天不方便聊,晚上就我和梁应物两人聊天。我和他也很久没有这样的聊天机会了,趁机问问他有关 X 机构的内部情况。对于这个全国没几个人知道的神秘机构,我的好奇心还真不是一般的大。

可是梁应物的口风极紧,对于组织内部的事,就算是对着我这个好朋友也不愿意多说。可是他说了几个最近碰到或其他人处理的案例,虽然有些环节说得很模糊,但还是让我大饱耳福。

其中一个案例竟然涉及中国传说中一种非常著名的动物"年",虽然未曾捕获,但各种搜集到的证据都指向这种原以为是中国古人臆造出来的神奇生物。而这种生物又好似和人类在天地间最无法把握的世界基本构成——时间有所关联。

虽然大多数案例都不了了之——毕竟以人类现有的科学基础和手段，就算 X 机构所能运用的科技超出一般标准一大截，也还是对种种超自然或者自然最本源的现象无能为力。但是听到了像"年"这样的生物真的可能存在，并且还神不可测，已经足以让我惊叹这个世界的奥秘真是没有穷尽。

　　第二天六点半，我就被梁应物叫了起来。平时在上海，如果上午没有采访，九十点起床都算是早的，可这下子没法赖床，好在用冰凉的井水洗漱完毕，睡意就被将要进入神农架的兴奋所取代了。

　　早饭是清爽浓稠的白粥，配以极鲜的咸菜，不一会儿大海碗就见了底。不用梁应物多说，大家都知道这不比平日的早饭，可以随便敷衍过去，待会儿的路可不好走，所以就算是吃得最少的路云也扒了一碗半下肚。

　　七点三十分，一行十四人在向村长和长老们挥手告别之后，踏上了穿越神农架的征途。当然，所谓的穿越只是在神农架的一角边缘横穿过去。真正的深处，就算是最有经验的猎人在进入前也必须有一去不归的觉悟，更毋论我们。

　　梁应物走在最前面，拿着指南针，并不时地拿出地图对照，以确保方向正确。十二名学生走成一个菱形队列。之所以没有走成最普通的"一"字长龙，是为了确保在有突发事件时，所有人可以在最短的时间内聚拢到一起。在出发前，这些学生都接受过短时间的行军训练。

　　我走在队伍的偏后位置，这样基本上全队的情况都可以掌握。

　　脚下是积了不知多少年的树叶，我们沿着一条溪水向前走。这里并不像想象中不见天日的密林，视野颇为开阔，绿树青山流水，如果不是以现在这样的步速快速行进，其实还是蛮舒服的。不过听梁应物说，按照正常的行程，我们将在今天晚上到达第一个聚居地，补充食水后，第三天开始就会进入一片原始密林，在那里面，就算是烈日当空，也透不进一点阳光来，要穿出那片密林，得足足走上四天，算是本次探险中最考验人的路段

之一。

这里不比寻常的旅游区，那种地方，就算没有路也已经被游客踩出了方便行走的通道，而这里则完全是原生状态，地面谈不上崎岖，可高低起伏，时常要小心凸出地面的树根，有时还要跳过横倒在地上的枯树。走了两小时，就算是我这个常常走路的记者，背着这么大的旅行包，脚也微微酸了起来，看看正相互谈笑却大多已经汗流满面的大学生，心想，接下来的这十几天对他们还真是场不小的考验。要知道，在之前的村子，一些行李太过沉重的学生看形势不妙，已经纷纷减负，把一些既占地方又碍事的零食和饮料分给村里的孩子们，倒让那帮孩子笑开了怀。不过就算这样，还是有几个人背着两个包，我敢打赌，走不到三天，他们就会再扔掉一批东西。

几乎所有人的话题都围绕着今天中午就会到达的鲍家山人洞，神秘的神农架里的神秘山洞，对年轻人的吸引力要比眼前秀丽的景色还要大，朱自力甚至已经开始把人洞和埃及法老的诅咒联系到一起。不过说归说，这些大学生却没有一点真正的畏惧，而是抱着看看西洋景的心态，打算用所谓的"科学的眼光"瞧瞧这个被当地人视为禁地的人洞究竟是一个怎样的所在。

虽然大家早饭都吃得很饱，但那些碳水化合物早已转化为能量，在几小时的行走中消耗殆尽。中午十一点十五分，梁应物在溪水旁一处开阔的泥地里停下脚步，让大家生火烧午饭。十几个人拾柴的拾柴，看火的看火，忙了好一阵，才把火生起来，上面架上两个盛米的大锅，至于菜，就是些在夏天不容易坏的腊肉、咸火腿和咸鱼。

虽然菜不多，米饭也有点半生不熟，但所有的人都吃得很香，两大锅饭被一扫而空。之后稍作休息，探险队继续上路。

可能是因为山里人的脚力比我们好的原因，直到下午近两点，我们才到达鲍家山。

这是一座小山头，约有三百米高，虽然也有植被，但没什么乔木，看起来山体还是以石头为主，向着我们的是背阴面，一道和地面约呈七十度角的陡坡。整面坡只有一个山洞，位于离山顶不远处，从下面望上去，尽管有点难度，似乎小心一点，还不算无法到达。

学生们的热情一下子高涨了起来，立刻就要绕道爬上去。梁应物只说了两点：一是如果实在进不去不能冒险；二是在里面不要待太长的时间，因为我们还要尽量赶在天黑前到达下一个聚居地。

真正开始爬这座山的时候，才知道有多难。虽然所有人都已经把大旅行包堆放在一起，相信还不至于倒霉到这么点时间里就被什么动物叼走，每个人只带着随身的背包，可是往山上爬了不到五十米，人人都已经满头大汗。

这里可和在什么旅游景点爬山不一样，黄山也好，华山也好，山再高，路再险，好歹那还是在走人开出来的路，有一级一级的石阶让人信步而上。而爬这座鲍家山，简直比攀岩好不了多少。在之前的路程中，女生们还颇注意仪表，看到泥潭会绕过去，衣服不小心碰脏了，眉头还会皱一下。现在这山一爬，在有些地方甚至要以近似于匍匐的方式通过，再小心谨慎，能保证衣服不被钩破已经很好了，哪里还顾得上干净。好在这次大家都有准备，带的衣服以耐磨、便宜为主，梁应物其实还准备了统一的迷彩服，只是由于女生们反对（说迷彩服又厚又难看），才没有勒令她们穿上，这回一爬山，几个衣服裤子被钩破的人恐怕就要把迷彩服穿起来了。

我左手抓着一株小矮树，右手在一块凸起的岩石上试了两下，确认了承受力后，双手用力，很轻快地爬过了这段较陡的区域，前面的路云和梁应物正在招手，看来接下来会好走一些。后面不时传来惊呼声，女声居多。我不用看也知道是为什么，我刚才一路爬上来，少不了要拨开或利用一些粗壮的植物枝干，神农架这种地方，是生物的天堂，不但植物又粗又壮，昆虫也是如此，有时候推开一块石头，就会看见一条一尺长的蜈蚣爬出来，晃一晃半人高的杂草，几点黑影就伴随着刺耳的振翅声盘旋起来。

好在每个人都搽了当地人做的驱散蛇虫的药膏，黑黑的，散发出异味，其中很可能就有一些蛇虫的尸体，手、脚、脸、脖子部位涂一点，等闲蛇虫不会再靠近。但是换言之，万一在这种措施之下还被攻击，多半就会中毒，必须立刻采取急救措施。

我心里却在暗自奇怪。这鲍家山虽然没有一条正式的上山之路，可是我们走的这条路，明显要比其他地方好爬得多，与其说是梁应物眼光好，挑了一处方便上山的地方爬，倒不如说更像是一条被荒废多年的上山小道。回头看一看，一路上来，除了有少数地方要注意外，大多数地方就是脚下不稳摔下去，也多有可抓之处，出不了人命。只是这人洞现在已经成了禁地，如果这是条多年前的小路，那么当年是什么人在这里上上下下呢？

虽然说有了这条"路"，可是队伍的行进依然很缓慢。我估计梁应物可能很早就开始后悔了，后悔不该同意去人洞，这下要是能在天黑前赶到下一站才怪，第一天行程上就出这么大的问题，一定会让这个一切都喜欢按计划行事的人很不舒服。不过梁应物这个人是死硬脾气，心里不舒服也不会说出来，而且他从不做没有意义的事，都爬到这份儿上，已经不可能退回去了。

所有人都站到山顶时，已经过了一个多小时。上山容易下山难，就算是立刻下山，回到堆放行李的地方，也得四点多。

梁应物终于发话，既然已经到了这里，不下去看一看人洞也对不起大家，可是由于时间原因，在洞里待的时间不能超过十分钟。

对此，没有人有异议。许多人到现在还气喘如牛，有些人已经开始抱怨，说早知道就待在下面看行李了。

在人洞的外面，有一块不大的延伸出来的石台，可供人落脚。从山顶下到人洞，尽管要比刚才爬上来陡，可还是有供人抓手落脚的地方。不过这里要比刚才危险得多，万一没抓住摔了下去，后果不堪设想。梁应物找了个合适的地方，固定好登山用的专用绳索。他是个做什么事都预留退路的人，连绳索也用了两根，一根松脱，还有另一根，无论哪根都足够承受一个人的重量。

　　我第一个抓着绳子爬下去，梁应物在上面看着绳索，最后一个下。山洞离山顶有十几米，虽然女生们大呼小叫，但最终还是有惊无险，所有人都安然进洞了。

第三章

一条通向坟墓的甬道
Chapter 3

人洞里相当宽敞，洞顶离地面有四五米高，初看洞有近百平方米，在对着洞口的左前方洞壁处，还有一条黑黑的甬道，洞中套洞，看来可能还别有洞天。

这里看起来没有什么异常，平凡无奇，整个洞相当的干燥，几块散在地上的大石头也很光洁，没有水印和被腐蚀的痕迹，这点倒确实有些奇怪。因为这是山的背阴面，照理该潮湿才对，而神农架也不是少雨水的地方。不过我不是学地质的，这样的现象说不定也不算太罕见。

在所有学生都对人洞表示失望，并要求快快探一探那条甬道后面有什么时，我却听到身边传来一句"有点奇怪啊"。我转眼望去，是梁应物。

"是啊，这个洞太干燥了。"我说。

"不仅这样，你注意到了吗，这里没有蝙蝠，而且地上连杂草、苔藓之类的植物也没有。在神农架这种地方，有这样'干净'的石洞，真是不同寻常。"

我和梁应物交谈的声音既轻且快，因为我们无法确定造成这种现象的原因，或许只是我们在白担心罢了，没必要说出来造成学生的恐慌。

"去不去？"梁应物看着前面的入口，语气中竟有着一丝犹疑。毕竟他要对这些学生的安全负责，不能冒险。

我看了一眼跃跃欲试的学生，赵刚和何运开已经拿出手电筒往里面照。我朝梁应物苦笑了一下："你说呢？"

"我在前，你在后，小心一点。"梁应物说。

我点头。

穿过几块横七竖八躺在地上的大石头，我跟在袁秋泓的后面进入甬道。老实说，我真的感觉有些怪异。或许是村里人说的禁地让我心理上有了些阴影，总之，我觉得这里死气沉沉，了无生机。不知道在甬道的另一头有什么在等着我们。当然，或许和刚才那块空地一样，什么都没有。

这是一条一两米宽的甬道，似乎是天然形成的，看不出人工开凿的痕迹。有的地方会忽然有一块岩石凸起，得很小心地走过去，以免撞痛。我们一个接着一个往前走，整个洞里非常安静，只有我们的脚步声。借着手电光，我看到前面的女生手拉手，我想她们是有些怕了。

甬道里高低起伏不平，忽而往上，忽而往下，走起来的时候脚上要用点力，免得人跟跟跄跄不知摔到哪里。所有人都打开手电筒，强力手电筒的光柱很集中，笔直地照出一束光柱，但发散性比较差，加之高低起伏，照到地方有限。十四束光柱一起照向四周，但还是觉得前方很黑。

甬道非常深，我估计走了有七八十米的距离，却听见前面梁应物"咦"了一声："死路？"

光柱向前照去，照在坑坑洼洼的岩石壁上。不过再向前走一些，就发现原来不是死路，而是一个弯道。这个弯转得非常大，和我们原先的那条甬道折成了一个锐角，转过去之后，由于角度太大，洞外的阳光已经完全照不进来，四周的黑暗和十四束手电筒光柱形成强烈的反差。

再向前走了近八十米，又是一个大转弯。我在心里盘算了一下，这样两次转折，就好像一个三角形一样，再走下去，应该又回到和刚进来时的大石洞差不多的地方，所以多半还是个死胡同。不过这样长的自然形成的甬道，倒也颇为少见。虽然有许多洞也很深，而且九曲十八弯，但很少有像这样走直线，再转两个非常干脆的大弯的。

甬道稍微宽敞了一些，可以容两三个人并排走了，路也平坦了一些。走在最前面的梁应物却又轻轻"咦"了一声。在这样的山腹中，他的感叹

虽然轻，却依然可以被每个人听见。

我从后面用手电筒向前照去，立刻知道他为什么惊奇了。光柱向前射去，尽头一片模糊，幽深漆黑，前方不远，竟然又是一个大空间。我回忆了一下，刚才洞口的那个大广场，都已经细细查看过，只有一条通路，再没有第二条转回来的路吧。这个念头只闪了一闪，就立刻打消了，单看前面的漆黑一片，就该知道和刚才不是一个地方了。想必是刚才的两个转折，三条甬道，上上下下，总的来说有着微微的坡度，所以前面该是位于刚才来时的石洞上方或下方的空间了。

我心里期盼着别是在上面才好。因为从刚才走的路看，如果是在上面，那么和下面那个洞之间的石壁应该没有多厚。别那么多人踩上来，忽然塌陷下去。

虽然有着这个小小的且略有些莫名其妙的担心，但我的好奇心让我快步走过前面的学生们，想要快一点看一看前面的情况。这个有着相当神秘色彩的人洞里，居然有着这么长又这么奇异的石甬道，而甬道通往的场所，究竟是怎样的呢？

前面的梁应物也加快了脚步，几个大步就走完了甬道的最后几米，跨入了前面的大洞，手上手电筒的光柱来回扫了扫，确定这个洞内的情况。

我一边往前走，一边也把手电筒对着那边照。但从我的角度照不到什么东西，大半的光柱都落在梁应物挺直的背上。就在这个时候，我明显地感到，他的身体震动了一下。

虽然光柱在晃动，但我想我没有看错，梁应物不知道看到了什么，居然让他整个人都震了一下。我的心一下子抽紧。这是一个人在这样幽闭黑暗的地方遭遇突发状况时的正常反应，更重要的是，我知道梁应物这个人，涵养比我还要好很多，虽然不至于说泰山崩于前而色不改，但有着 X 机构工作经验的他，恐怕就是看到一头牛开口说话都不会有这样惊异的反应。

这些对前面状况的分析，其实都是在我脑子里一瞬间完成的。我只要再往前走几步，就可以看到究竟发生了什么事。不过梁应物在震了一震后，立刻就做了一个动作，使我更加确信，前面有问题。

他举起了左手，那是一个阻止后面的人上来的姿势。

我想这是一种下意识的反应，因为在现在的情况下，没有人会因为这样一个动作而退回去。而且，我相信现在大多数人还未发现梁应物的异状。

紧跟着梁应物的是何运开，他完全没有理会梁应物的示意，不知道这个神经大条的肌肉男是视而不见呢，还是完全没有注意到梁应物的动作。他往前走了几步，手电筒扫到前方某个地方，人就像被电到一样，一下子呆立着不动，嘴里发出"啊"的一声低呼。这是一个快速的吸气音，通常只有被吓到的时候才会发出这样的声音。

大概十秒钟的工夫，包括我在内的所有人都已经进入这个石洞中。手电筒的光柱在这个石洞里滑过，"哐当"几声，四五把手电筒掉在了地上。然后是尖叫声，所有女生在经历第一刻的巨大惊骇后，呆了三秒钟，然后齐齐发出凄厉的尖叫，甚至朱自力、赵刚等几个男生也大叫起来。急促的气流快速通过声带，凄厉的叫声在黑暗的山洞里持续地回响着，我只觉得心脏剧烈地跳动着，努力地咽了口唾液，让自己尽快平静下来。

手电筒光柱所及，全都是白森森的人骨！

这个洞，似乎比先前那个还要大，可是洞内的大多数地面，竟全都被人骨所覆盖，不知道有多少具。顺着光柱看去，不是惨白色的骷髅头，就是肋骨或蜷缩的手骨，甚至还有几具幼童的尸骨。如此多的尸骨，不知在这里多少年。由于尸骨众多，这里又相当封闭，空气中散发着奇怪的味道，而没有被手电筒照到的黑暗中，也闪着点点磷光。

先是村民们的警告，再是穿过长长的甬道，忽然看见这样一种白骨横陈的情形，气氛越来越恐怖。难怪柔弱的女生们如此失控，高声的尖叫到现在也未停歇，她们拼了命地发出尖锐的颤音，仿佛要借着这种发泄方式，把心中深深的恐惧驱逐到周围的黑暗中。

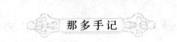

在这样的情况下，我相信突如其来的恐惧，或者说是震悚，胆子再大的人也避免不了，区别只在于有的人完全无法掩饰地表露出来，而有的人还可以比较好地控制自己，并且让大脑在短暂的空白后迅速恢复思考状态。

对我和梁应物来说，看到这样的情形，可能是震惊的感觉要大过恐惧。经历过真正恐怖的我们，明白这些尸骨本身并不能带给我们伤害，而尸骨给人的恐惧，其实是人对于死亡状态的天生的恐惧，对于一些接近过死亡边缘从修罗场里回来的人，或者对一些好奇心旺盛到连对死亡状态也好奇的人来说，初见的震惊之后，就可以很快镇定下来。

"别叫了。"梁应物重重地喝了一声。

"就是，一些骨头而已，你们翘了也是这副样子，有什么好怕的。"何运开大声说。不过我倒觉得，虽然他的声音要比梁应物的还要大一些，可似乎心里还是有点虚。

"呸。"

"你才一样呢。"

何运开的话倒是起了作用，女生们一边啐他，一边也慢慢恢复了过来，至少不再发出那种将我耳膜刺激得隐隐作痛的声音。我怀疑在这样的小空间里，这些天生自带高音的女生在把自己的声带叫破之前，很可能我的耳朵就先不行了。

梁应物在自己的手表上按了一下，夜光灯亮了起来。

"现在是三点四十五分，我给你们十分钟的时间，十分钟后我们返回，希望你们抓紧时间，如果你们不想今晚在这样的黑暗中走太长时间的话。当然，你们也可以要求现在就回去。"

初时的恐惧过去之后，几乎所有的男生都希望在女生面前表现出自己作为一个男人应该有的勇气和胆量，所以纷纷要求多看一会儿再走。可以明显看出，有几个人是在硬撑。我心里暗暗发笑，这样的表现，其实只能说明他们还未完全成熟，对于绝大多数的女人来说，她们对这样的勇气一点都不感兴趣，她们觉得那只是男人的无聊和莽撞，完全不懂体谅她们的心思。

所有女生都缩在洞口，没有一个人愿意走到那些尸骨中去。男生则用手电筒照来照去，小心翼翼地走动着。

我站在梁应物的身边，我们两个都是有冒险基本常识的人，做出来的举动也如出一辙。两束手电筒光柱从洞口的左侧开始，照着洞壁由上而下扫动，并且一点一点向右移动。等到移到洞口右侧时，洞内的基本情况已经看清楚。在这种陌生的环境下，要有所动作，前提是先尽可能地了解周围的情况。

洞内的空间非常大，是前一个洞的两倍多，足有四五百平方米。在洞的中央有一方小水潭，这里是不见天日的山腹，一路走进来，四周和一般的洞穴不太一样，非常干燥，虽然在山脚有溪水，可是在这里出现一方水潭，却也是极不寻常的景观，如果没有遍地的尸骨，倒是个不错的旅游之处。

和之前一路走来一样，这个洞里没有生物活动的迹象，没有蝙蝠，没有地衣。基于村民对于这个人洞的禁忌，虽然之前我并不太相信，可是看到这满地的尸骨后，我担心洞内别有玄机，不过很仔细地观察过之后，却也没有发现什么，只是在心底莫名地有着一丝排斥感。我常常有着超乎常人的直觉，这样的直觉使我很容易介入特殊事件中，也往往使我在身陷险境时可以做出正确的判断。不过现在我不太确定，我这种希望尽早离开这里的感觉，是因为这里的尸骨，还是有什么其他原因。反正梁应物也说了，只待十分钟。

我小心地避开地上的白骨，走到洞中央的水潭处。这方水潭只有两三平方米，靠近水潭的地面有些潮湿，可是依然没有苔藓类的植物。我用手电筒对着水潭直照下去，水面非常平静，没有波动，水很清，看不到底，很可能也没有鱼、虾等水生物。

在我借助手电筒的光线，仔细看地上的那些人骨时，眉头不由得皱了

起来。这些人到底是怎么死的？可以看到这里有锅、碗的碎片，不远处还有铜香炉，给我的感觉，就像是这些人在这里生活过一段时间。可是这满地的白骨，看上去怕有数百具之多，就连皮肉不存的骨骼，都让人有"堆积"的感觉，尽管这里有近五百平方米，可是也不可能容纳这么多人生活。

在白骨中，有一些骨架极小，想必还是孩童。这样一个地方，为什么有这么多人会来？方才上山时那条若有若无的山道，是不是这些人在很多年前踩出来的？为什么孩子也要进洞？而进了洞又为什么不出去？是饿死的，还是有其他什么死因？我注意到，有相当多的骨骼并不完整，随处可见单独的臂骨、腿骨甚至是肋骨，想到当时残肢断臂遍地的血淋淋的场面，我心中一堵。

当时在这里所发生的事件，一定很不简单，就如远古神话的缘由，有少数是因为一些让人留下深刻印象或产生深远影响的事件，经过不明真相的人们口口相传而变得面目全非，在这个人洞里所发生的惨剧，也一定辗转流传到了附近的村落，尽管真相无从得知，可是一定有些不同寻常的凶险信息，使此处被列为不得靠近的禁区。

越是深入思考，我越是觉得背上凉飕飕的。距离这些人的死，已经不知有多少年了，可是事件是这样的离奇，以至于现在我站在这里，竟然有一种身处险地的感觉。我回头看了看梁应物，手电筒的余光打在他脸上，他的表情也和我一样凝重。

"集合了，我们准备出洞。"其实还没到十分钟，但是听到梁应物喊出这句话，包括何运开在内的所有男生，都乖乖地迅速回到了洞口，不过相信回到上海后，他们一定会大肆宣扬自己在这人洞中的表现。而女生们更是等这句话等了很久，对她们来说，大概在这里过一分钟就像一天那么长。

梁应物不敢大意，清点了人数，确认是十四个没错，便率先转身进入了甬道。刚走了一步，他忽然回过头来，说："每个人拉着前面人的手，万一有人掉队，前面的人立刻报告。"

我心里一动，这么说来，他也觉得这个地方不只是一堆白骨而已，恐怕他也和我一样，嗅到了不同寻常的气息。

这样的命令，如果是平时发出，一定会被男生们嘲笑，可是现在却没有人发出异议，每个人都伸出两只手，和前后两个人保持紧密联系。这一次我没有像来时一样走在队伍的末尾，而是走在梁应物后面。走在我后面的是蒋玮，冰冷的小手腻腻滑滑，全是汗，看来被吓得不轻。

"出去之后，你会把这个地方上报吗？"我轻声问梁应物。他自然明白，我所说的"上报"，可不是指上报学校。

"先让当地政府组一支考察队来，如果发现什么再看吧。"梁应物低沉地回答。

转过第一个弯，所有人的脚步都加快了一点。和来时的探险心情不同，现在大家都想尽快离开洞内的黑暗，回到外面的阳光中，现在时候不早了，太阳再过一会儿也要落山了。

"啊！"

身后传来一声尖锐的惊叫。梁应物猛地停下脚步，一瞬间，我的心被激得狂跳起来。

十几束手电筒的光线照向声音发出的地方，刘文颖脸色惨白，而站在旁边的何运开则一脸的尴尬。我注意到他的手上拿着一根白森森的东西，竟然是一根臂骨。

"你要死啦，脑子有毛病啊。"刘文颖大声骂。

这是男生最喜欢玩的吓唬女生的把戏，可是在此时此地却非常不合适。

"不要开这样的玩笑，把东西丢掉。"梁应物语气严厉。

何运开"哦"了一声，悻悻地丢掉那根骨头。

转过第二个弯，很快就可以重见天日了。

是的，重见天日，那时我真的是这么想的，相信每个人都这么想，这样的黑暗，实在是太难熬了。

忽然，我觉得梁应物握着我的手用力地紧了紧，步伐也明显放慢了下来。

"怎么了？"我问。

"我们进来的时候转了几个弯？"梁应物问。

"两个啊。"我说，心里却奇怪，梁应物不可能连这都不记得的。

"几个弯？"梁应物一下子停下脚步，又问。这次的对象是我身后的蒋玮。他的声音急促，而我这个对他非常熟悉的朋友，竟然在他的声音里听出了一丝恐惧。

"两个弯啊，那多不是说了吗，我们已经转了两个弯了，快走啊，有什么话出去再说。"蒋玮一心要赶紧出去。

"怎么了，你发现了什么？"我沉声问梁应物。如果不出意外的话，他一定发现了什么非常不妙的情况。可是他就在我前面走，好像没有发生什么事啊。

梁应物没有回答，只是缓缓把头转了回去，向前看。

向甬道的出口处看。

"天哪，怎么可能……"袁秋泓失声叫了起来。

我不用听她接下去说的话，在她叫出"天"的同时，我已经知道了哪里不对。

光。

没有光。

已经转过了两个弯，前面就该是甬道的出口了，现在是四点左右，外面应该还有充足的阳光，所以外面的那个洞还是比较亮的，所以甬道里也该有点光。

可是没有。前面除了手电筒的光线外，黑魆魆一片。

"所有人关了手电筒。"梁应物下令。

十四束手电筒的光在三秒钟之内就灭了，然后，所有人陷入黑暗。

绝对的黑暗。没有一星点的光。

梁应物重重地出了口气，再次打开手电筒。

"我记得进来的时候路高低不平，或许是因为这个原因挡住了光线？"袁秋泓说。

这次不用梁应物回答，已经知道这一回凶多吉少的我说："你记得没错，可是上一个弯转过来，我们已经走了近二十米，你觉得这条路还和原来一样高低不平吗？"

说出这句话的时候，我的声音也有点抖。如果我的感觉没错的话，这条路已经不是我们进来的那条了。

前面漆黑一片，到底通向何方？

"说不定外面忽然下雨，神农架的天气说变就变的，一下雨不就没光线了？"朱自力说出的理由，大概是我们最后的希望了。可是路已经明显不同了，这个理由说得通吗？

安静得可怕，所有学生在这一刻都不知所措，如果说之前的白骨让恐惧在每个人的心中埋下了种子，那么现在这颗种子已经发芽，紧紧地缚住所有人的心脏。我知道从小在科学的环境中长大，自认为一切都可以理解、可以掌握的人，第一次陷入无法解释的困境中会有什么反应，我曾经经历过，而这些学生说到底还是孩子，连我和梁应物都一时无措，更别提他们了。

第四章

死循环

Chapter 4

"往前走，还是退回去？"我问梁应物。

"先退回去吧。"梁应物思考了片刻说。

"退？"我有些迟疑。

"大家向后转，先回去，走的时候慢一点，手电筒仔细照一下两边的洞壁。我们可能走到岔路上去了。"梁应物此话一出，所有的学生都出了口气，岔路，这是唯一的解释，我想他们一定都同意梁应物的猜测，一定是不知不觉中走错了路，或许有一个难以分辨的岔路口，或许白骨洞那儿其实有两条甬道的入口，一时不察走错了。

岔路啊，这样的解释，虽然听似合理，但可能吗？

以我对梁应物的熟悉，当然知道他是个绝对理性的人，尽管进入X机构有好几年，遇到过的超自然或超出一般人类想象的事件比我的还多，但是他始终是以科学的、理性的态度去对待，相信这也是整个X机构对此类事件的态度。抱着这种态度，无论碰到什么状况，都要有严密的分析和逻辑推断支撑，不放过任何细节。所以梁应物现在才会说退回去，看看是不是走到了岔路上。只不过我相信他尽管嘴里这样说，但心里对他自己说的话所抱的希望，绝不会超过万分之一。

如果是甬道里有岔路，怎么来的时候没发现，回去的时候也没发现，要走错十四个人一起错？如果是白骨洞里有两条通路，则更不可能，先不说大家都没发现有两条通路，而且女生们压根儿就站在进来的甬道口没有动过，有这样清晰的坐标，怎么可能搞错？

我有九成九的把握，我们已经陷入麻烦里了。

回去的时候，不约而同地，每个人都放缓了脚步。一个弯，再转过一个弯，前进的速度越来越慢。十四把手电筒在周围的石壁上做地毯式的搜索，终究还是回到了原先的白骨洞。

尽管这一切都在我的意料之中，但还是让我的心情变得颓丧。等到那些学生几乎是用手围着这五百平方米的大洞摸了一圈，最终还是回到了甬道口时，几个男生已经无法按捺自己心中的惶恐，破口大骂起来。

"看来，只有往前走了，虽然不知道会通向哪里，但总比待在这里好。"梁应物立刻做出了下一个决策。经验告诉我，既然来路已经令人无法理解地消失了，那未知的黑暗的另一头，毫无疑问隐藏着危险。梁应物当然不会不知道这一点，但除此之外，似乎已经没有更好的选择了。

学生们的手电筒依然仔细地照着两边的石壁，徒劳地想要找出并不存在的岔路，结束这一场噩梦。而我和梁应物则把注意力放在了前方的黑暗中，手电筒在前方的黑暗里投出两道不断交错的光柱，我紧紧盯着那里，那是最有可能发生危险的地方。

转过第二个弯了。所有的学生开始祈祷，祈祷这条就是进来的路，祈祷在路的那一头就是出口，只不过因为下雨而使阳光照不进洞来。

我一步一步向前走，脚下的路平坦依旧。我心里清楚地知道，这，绝不是进来的那条路。

我已经隐隐约约看到出口了，相信梁应物也看到了，因为他把原先就缓慢的步伐进一步放慢了，每前进一步都小心翼翼，并注意着两边洞壁的情况。在这种未知的神秘环境中，任何平时觉得没有问题的地方都有可能忽然发生状况。

随着离洞口越来越近，我的眉头渐渐皱了起来。一个不好的预感在心里一点点成形，不会吧，难道说，竟然离奇到这种程度？

走出洞口的一瞬间，我一阵眩晕。我那该死的直觉总是在非常糟糕的

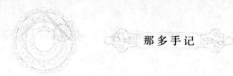

时候发挥作用。即使是梁应物，看到眼前的情况，也仿佛失去了说话的能力，呆呆地站在那里，不知道该对从后面拥上来的学生说什么。

什么都不用说了，因为没有人可以说清楚，这到底是怎么一回事。我们居然又回到了洞里，从白骨洞出发，走了一百多米，当中转了两个大弯，然后就像画了一个三角形一样，最终又回到了白骨洞里。

是的，就像用笔在纸上画三角形，笔尖在最后还是回到原先的那个点上，可是在这里，在这个现实中的山洞里，我们一直在向前走，没有岔路，没有第二个洞，怎么可能又回到了原处？

山洞里一片寂静，每个人都可以听到自己的心跳声，除此之外，就是旁边同伴粗重的喘息声。

"鬼……鬼打墙了。"费情缩在卞小鸥的怀里，颤抖地说。

何运开的气息越来越粗，他喃喃自语："不可能的，怎么可能呢，两个一样的山洞，不行，我要再走一次。"他忽地一个转身，一个人跑进了甬道。

"何运开，回来，别一个人去。"梁应物急忙喊，可这个时候，何运开又怎么听得进他的话。

梁应物连忙跟着跑进了洞，我紧跟着他也跑了进去，在我后面，所有的学生也跟着跑。

两个弯很快就转了过去，等到我们又跑出甬道时，手电筒照到的依然是满地的枯骨。还是白骨洞，何运开蹲在洞口不远处，双手抱头，手指抓着自己的头发。

我的眼睛从面前的枯骨上慢慢扫过去，心里不由得冒出了这样的念头：这些人莫非就是困死在这儿的？当年，他们也是走了进来，然后发现再也走不出去了？

"人洞"，这样的名字，莫非是因为，这是个人进去了就再也出不来的洞，是个吃人的洞！

"大家镇定，不要慌，虽然我们遭遇到了非常特殊的情况，但如果自乱阵脚,只会使事件越来越糟糕。"梁应物的话并没有起多大的作用,恐慌已经不可避免地在这些年轻人中间蔓延开了。

"大家听我说,我们还有希望,你们要知道那多并不是一般的记者,他以前经历过比这更奇怪、更凶险的事,对这类事件非常有经验,有他在这里,我们一定可以找到出去的办法。"

我算真正领教了梁应物的手段,真是为达到目的什么招数都用得出来,自己X机构的身份不能曝光,为了安抚学生的情绪,就把我出卖了。

可是,在这样的情况下,找到一个可以依靠的人显然非常重要,梁应物这样一说,无疑让我系众人期望于一身,千斤重担一人挑啊。

这话一出,所有的学生都望向我,手电筒的光线下,大家的眼睛里满是希望。

没办法,我只好硬着头皮接过梁应物的话:"是的,我确实有一些此类的经验,其中最重要的一条,就是不管碰到了什么,都要镇定,然后用理智去分析,尝试一切解决问题的可能。"

尽管我的话里一点实质性的东西都没有,但学生们还是稍稍镇定了下来。

"大家整理出一块空地来,检查一下随身的行李,然后把水和食物都拿出来,堆在一起。"梁应物看大家已经可以听得进去话了,立刻发出了实质性的指令。

许多学生在照做之前,都看了我一眼。我点了点头,在这样的情况下,我居然还可以在心里微微有点得意的情绪,真是有点佩服自己。

大家用脚把旁边的白骨踢到一边,整理出一块有六七十平方米的空地来。我把背上的背包解下,坐在地上打开背包,借着手电筒的光线,查看包里有什么可能在这种地方派得上用处的东西。

长时间使用后,手电筒的光线已经弱了不少,我心里苦笑,原本还笑那些学生带了太多的零食,可现在不知道要多久才能脱困,看起来我包里有用的东西应该是所有人中最少的。好在我这里还有一段登山专用的尼龙绳、一把短刀，此外，一个红外线的夜视望远镜没准什么时候也会有用。

我把包里的东西一件件拿出来，再用手电筒仔细地照包里的角落，看看有什么东西漏了，打开前面的拉链，我发现还有两节大号电池。我心里一震，忙把电池拿出来，塞进口袋里，大声对梁应物和其他人说："从现在开始，大家要节约手电，谁有备用电池先统计一下，大家在整理完东西后，保留两支长明手电，其他全都关掉。"

说这句话的时候，其实已经晚了，所有人的手电筒光线都和我的一样，已经呈现出黄色，而不是最开始的强力白光。在这个洞里，如果没有了光，那可是真会让人发疯的。

"大家看一下，如果有可以燃烧的东西，包括打火机，也放到一起保管起来。"梁应物把自己的手电筒关了，补充道。

集中起来的食品有一大堆，可是其中的大部分都是膨化食品，虽然味道很好，却一点都不管饱，饼干只有七八盒，其中最管用的一盒压缩饼干是梁应物贡献的。其他的还有两包火腿和几根肉肠。饮料有牛奶、酸奶和可乐等，关于这些我倒不是太担心，虽然人缺了水能坚持的时间远比缺食物少，但如果那方水潭没问题的话，就几乎是无限的水源。

午饭吃得早，运动量这么大，现在我的肚子已经开始叫了。本来带的食物远不止这些，但大多数都和大件行李一起，堆放在山下了。

"快把手电筒关了。"我看到大多数人居然还磨磨蹭蹭，没把手电筒关掉，等到手电筒没了电，看他们怎么哭去。在这里，真正是只有有光，才有机会找出关键所在，成功走出这个"人洞"。

"朱自力和何运开拿着手电筒，保持周围的警戒，其他人快关了。"在梁应物的催促下，很快整个山洞里只剩下两道昏黄的光线。与这两道光比，四周地上的人骨发出的磷光，倒更显眼些，只是想到这些磷光背后代表的东西，每个人的心都冰凉。

"见鬼。"我忽然骂了自己一句，从腰间摸出手机来。震惊之下，怎么连这个也忘了，只要能和外界保持联系，找到出去的办法总该没有问题吧。

看到我把手机拿出来，所有人都醒悟过来，纷纷拿出自己的手机，连梁应物也不例外。照理被困后的第一反应就是拿手机和外界联系，可是这次被困实在太不寻常，平时再冷静的人，如今竟也失了方寸。

我的手机是诺基亚 8210，去年的机型了，但一直很好使，我又没有频繁换手机的兴趣和财力，便一直用到现在，昨天在村里的时候，我还和报社通了个电话，信号还可以。可是现在再看闪着荧光的屏幕，左边的四格信号标志，如今竟一格也没有。

我原该想得到，本来神农架的手机信号覆盖就不充分，在这样的山腹里，没有信号更是非常有可能。看着希望一个个被打碎，握着手机的手指也不由得用力握紧，指节处握得发白。

我还不死心，拨出上海的报社总机号码，屏幕上显示正在拨出中，但果然很快就断掉了。

"没信号。"虽然我的声音不大，但还是足以让每一个人听到。抬起头来看看大家的表情，手机微光映照着的年轻脸庞，每一个都极其严峻。

"我也没有。"

"我也没信号。"

十四部手机，不管是摩托罗拉、诺基亚，还是号称"手机中的战斗机"的波导，全都没有信号。

最先进的科技，在这个原始而凶险的地方，全然失去了作用。我拿着手机在洞里走了好几圈，试了无数个方位，还差点被一根大腿骨绊倒摔在白骨堆里，屏幕上的信号标志还是一格都不露面。

"要再走一次。"我放弃了对手机的努力，向着甬道的方向，对梁应物低声说。

"你想到了什么？"梁应物问我。

我摇了摇头，却想起黑暗中他看不见我这动作，说："没有，可是，我们一直在往前走，每一步都是自己迈出去的，不管怎么绕，没道理会再回到原点。虽然转了两个弯,但这和沿着一条直线走的概念是一样的,向前走出几百米,怎么会又忽然回来了呢? 这一回,和我从前碰到过的事不太一样,以前不管事情怎么怪,但我总想得通,那背后一定是有个说得通的理由的,尽管那个理由可能远远超越普通人的理解。"

"我知道你的意思,这和我的感觉一样,从前的事件就像是一团乱线球,我可能看不清线的纹路和缠绕方式,也看不见线尾,但总可以找到线头在哪里。可现在,我就像对着一个乒乓球,光溜溜的,连下嘴的地方都找不到。"

"对,就是这个感觉。所以,问题一定出在甬道里,特别是那两个转弯的弯道口,那里多半有古怪。"

任何事情都会有关键的那一点,找到那一点,虽然未必可以使问题迎刃而解,但至少可以知道该往哪儿使劲。

现在,我和梁应物都认为,那关键点一定就在甬道内。俗话说久病成良医,我和梁应物怪事经历多了,都相信自己有那么一点直觉,仔细地再走一遍,相信可以找到解决问题的蛛丝马迹。

在叮嘱了学生们小心四周的突发情况之后,我和梁应物又一次走进了甬道。不用看,我都能感觉到黑暗中身后那十二双期盼的眼睛。他们一定希望我这个据说经历丰富的记者,可以帮他们渡过这一次的难关。

很快,我就意识到,自己真的是太自信了。这个世界,实在是有太多无法理解的事情。

我已经把自己的感觉发挥到最灵敏,每走一步,都顺着手电的光柱,用心地看周围的变化,我甚至用心地感觉四周气流的变化,每一丝微小的声音和气味的不同,每到转角,更是不放过任何一个角落,还来回走了几遍,而行进的每一步,我都确保踩得扎扎实实,一只脚迈出去,等完全踏在地上,另一只脚再离地。山洞里要比外面凉得多,但我依然很快就衣衫尽湿。相信梁应物也和我一样,用尽了所有的心力,想要找出这甬道的破绽。

可是，我们终究还是一步一步走出了甬道，迎接我们的是两道手电筒的光柱，后面是十二双期待了半小时的眼睛，还有白骨。

又回来了，我们什么都没有发现。就像不知不觉间通过了一扇空间转移的大门，自己却一无所觉。

何运开和朱自力拿的手电筒，光芒又暗了一些，看来再过不了多久，就要没电了。

所有人的眼睛都直直地盯着甬道，握着手电筒的手颤抖着，晃动的光线更使甬道口看起来莫名的诡异。我相信许多人都想再去试试看，如果是在别的地方，人一定会再做很多次徒劳无望的努力，才会彻底放弃希望，可是在这里，在黑暗中，那个甬道让人产生的恐惧，竟然让人连试一试的勇气都产生不出来，宁愿停留在这个满是白骨的洞里。因为就连我也相信，这个甬道既然能让人走不出去，很可能也可以让人走不回来。

"你对学生说些什么吧，现在需要安抚大家的情绪。"梁应物对我说。

"说什么啊，你说说什么，连我们都没有办法，还能说出什么来。至于安抚情绪这种事，你最擅长。"

梁应物叹了口气，沉默了片刻，开口对学生们说："同学们，我想大家都已经明白，我们被困住了，原因不明。总之，我们暂时走不出去。从目前的情况来看，我们的这种困境，似乎不太可能是人为的，而是这个'人洞'在起着神秘的作用。我相信事情一定有解决的办法，只要我们这十四个人在一起，齐心协力。我们都受过高等教育，应该相信自己的知识和能力。今天大家已经很累了，所以先休息，明天早晨开始，我们详细分析讨论目前遭遇的情况。今天晚上大家也可以想一想，有什么可能性会造成我们现在的处境。"

我承认梁应物是名好老师，在这样的情况下，还可以照顾到学生的情绪，尽可能地使他们不要悲观绝望，集合起众人的力量以求突破难关。可是在我的心里，一点都不乐观。

我同意梁应物的观点。照目前的情况看，似乎不太可能是有什么人故意使我们陷入这样的困境。但这样反而更糟糕。如果是人的话，再怎么先进的技术，总会有破绽，有马脚，有线索可循，人是会犯错误的。可是如果没有人的因素在里面，只是单纯的这个洞的古怪，那就几乎无懈可击。

你可以想象，人类破解自然的一个奥秘，需要多少代人的知识、经验和智慧的积累，绝没有一蹴而就的先例。如果这个洞的现象代表着一种新的知识、新的规律，那么凭我们这十四个人想要破解，这是连奇迹也无法实现的事，如果真的可以发生，那只能称之为神迹了。要知道，我们并没有时间，我们的食物有限。

梁应物继续说着："现在宣布几个临时规定，如果大家想出去的话，就一定要遵守。一、从现在起，限量供应食物，每人一天供应一次食物，原因不用我多说了吧；二、晚上睡觉时，所有男生轮值，每一轮两小时，每晚四轮，从我和那多开始。另外，还有一个建议，建议大家不要随意单独进入甬道，那里一定有古怪，只是我们现在还不知道那是什么。"

黑暗中，除了手表，没有任何其他东西可以当作时间的标志。到了晚上七点多，照射四周的手电筒光柱，只剩下一道。那并不属于之前何运开和朱自力的任何一把手电筒，那两把手电筒已经没电了。现在亮着的是路云的手电筒。

在五十平方米居住区的外面，搭起了一个简易的厕所。没有其他的材料，唯一可用的只有人骨。用人骨堆出来的隔离墙，在后面方便的时候，蹲下去，对着自己的是好几个骷髅头和人身上各种各样的大骨。在垒这道墙的时候，朱自力和卞小鸥的手在发抖。这将是他们很多人今后上厕所时的噩梦，如果还有以后的话。

其实，什么地方都是一片黑暗，随便跑一个地方上厕所，都不会被人看见。可是女生不习惯，更重要的是，所有的人，包括我和梁应物，都希望在上厕所这种相对单独的处境中，可以有一束手电筒光柱照着自己的位置，心里会安定一些。

没有人有聊天的兴致。朱自力曾打起精神，和大家讲鬼故事，可是只讲到一半，就说不下去了。自己已经脸色惨白，被恐惧牢牢抓住心神，这鬼故事怎么还说得下去，只怕没等吓到别人，自己的心脏就已经受不了了。

我不停地看表，时间从未过得像现在这么慢。每一分钟都那么难熬。到八点多的时候，大家就开始睡觉了。

每个人的衣衫都很薄，没睡的时候，已经有点冷，只是心思被恐惧占领了，才不太觉得。一躺到地上，冰冷的地面就让人一抖，然后阴寒的山气直逼上来，冷得直打哆嗦，几乎躺不住，还怎么睡得着。没有办法，五个女生抱成一团，男生们也拼命挤在一起，一来聚热，二来壮胆。

我是第一个值夜的，两小时，比两天还长。四周寂静，隐隐传来女生的抽泣声。好在两小时守下来，没什么异常状况发生，当然，在那手电筒照不到的大部分黑暗区域中，或许无声地发生着什么，也未可知。

快十一点时，我把梁应物叫起来接替我。

等到梁应物值完两小时，躺到我身边的时候，我还没有睡着。这里实在太阴冷了，处处是危机的地方，要安心睡去，谈何容易。我心里不断想着今天进来时的情景，从外面的洞进入甬道，然后到白骨洞，然后几次折返，像电影一样，一点点回放。我想努力整理出一些头绪，最终还是一团乱麻。

唯一回想起来有点印象的是，在第一个石洞的时候，就已经稍稍感觉到有点异样了，这种异样的感觉到底是从哪里来的，如果可以想到，或许就有希望了。

"这些人像是清朝的。"察觉到我没有睡着，梁应物躺在我身边轻轻说。

"清朝，你说这些人骨？"

"我看到几块没有完全烂掉的衣服布料上的图案，还有，我看到了一些扎辫子的头绳。"

我不由得暗暗佩服梁应物的观察力，这些我都没有发现。

"我还有一些发现，我推想，推想……"

梁应物的语音忽然低沉了很多，并且欲言又止。

"什么？"我追问。

"算了，慢慢再说，先睡觉。"梁应物出乎意料地回避了我的追问，不管我再怎么催促，竟自顾自地睡了过去。

"见鬼。"我暗暗骂了一声，也只好努力酝酿睡意。

第五章

黑暗中的实验

Chapter 5

　　我不知道我是什么时候在一片冰寒中睡过去的，也不知道自己是什么时候醒来的。

　　一个人从混沌中恢复神志的时候，心灵最软弱，当昨夜的种种情景重新涌进我的脑海中时，我不由得在心里暗暗祈祷，所有的一切只是一场梦。但我睁开眼睛的时候，周围依然是掺杂着微弱手电光线的黑暗。

　　我看了看表，才五点不到。

　　我缩了缩身子，我想我是被冻醒和饿醒的。食物有限，昨天晚上我并没有吃东西，就是今天，也只能吃一顿。这种饥饿感将维持到我们脱困或者死。

　　我睁着眼睛，细细思索，睡了一觉后，冰凉的石地虽然让我清醒了一些，可是就像昨天梁应物说的，整件事像一个乒乓球一样，完全不知道该从何着手。至少用想的不行，要多走几遍看看。

　　可是回想起来，昨天一进入甬道，就再也找不到出来的最后一段路。难道这是一条单向不可逆的路？还是说，在不知不觉中，我们触动了什么，才引发变化？

　　我苦苦回忆昨天一路走来有什么怪异之处，只是进入甬道之后，因为地形怪异，所有人在行进时都很小心，真有什么奇怪的地方，当场就会发现，现在事后回溯，却也没什么用处。

　　进入甬道之后想不出，那么之前呢？外面那个看上去平淡无奇的大洞，也在被列为禁地的人洞范围之内啊。

想到那个大洞，我不由心里一动，似乎隐隐约约想到了些什么。

在那个大洞里，特别是准备进入甬道一探究竟的时候，我就已经感觉到了一丝不一般的气息，可是那样的感觉到底从何而来？

我闭上眼睛，细细回忆大洞里的情形，终于想到为什么会有奇怪的感觉了。

是石头。

那个大洞的地上有一些大石头，有十几二十块的样子，每块都至少有几百斤重，东一块西一块地躺在地上。原本在石洞里有石头，并不会让人有多大的突兀感，可是现在仔细琢磨起来，这里又不是钟乳石洞，会从洞顶掉石头下来，就算是从洞顶风化落下，也不可能那么大、那么完整，还有那么多块。而这些石头好像正是分布在甬道周围的。

对，就是在甬道口的周围，要进入甬道，所有人都会从这些石头中走过。而我当时就是在这些石头中走的时候，产生奇怪的感觉的。

可是这些石头，和走不出甬道之间，有什么样的关系呢？难道说我们走不出去，还会和这些在甬道外的石头有关不成？我深入思索之后，不由得觉得有些牵强。

困住人的石头，不会是阵法吧？

古老的东方文化中，所谓的阵法，其实分成两个不太一样的种类。一种是军队作战时用到的阵法，其实是通过把士兵排成某种队形队列，以达到撕裂敌人的战线或诱惑敌人深入等目的，只要平时士兵常常练习，战场上将领灵活运用，就可以发挥出巨大的战斗力。许多阵形，经过演化，就是在现代战争中也可以见到。

另一种阵法就玄奥得多。相传诸葛亮困住陆逊的八卦阵就是其中之一，这种阵法，按照天上的星宿排列和《易经》里的坎离乾坤布置，常人进去会产生幻觉，走不出去。这样的阵法，尽管在传说和小说中时有出现，但现实中，我还从来没有碰到过。难道这一次就撞上了？

可是细想之下，还是不对。如果那些石头是一个阵的话，我们并没有被困在这个阵里，而是通过了这个阵，进入了甬道。

正在想着石头和甬道之间是否可能有所关联，躺在身边的梁应物忽然一动，然后坐了起来。我睁眼看去，只能隐约看到一个黑乎乎的轮廓，几乎睁眼如盲。那把手电筒的光太弱了，看来不久就会完全熄灭。

我正想开口和梁应物说话，他却站了起来。我一愣，看他行走的方向，是临时搭起来的人骨厕所。

在这个绝对安静的洞里，就算是女人小解，声音也能听到。男人小解，尿冲击人骨的声音，隔着十几米也一样听得清清楚楚。

梁应物解决完，却没有走回这里继续躺下睡觉，而是走过我身边，直向前去。那是甬道的方向。

我微微支起身子，拿着手电筒值班的是卞小鸥，他坐着，左手的手电筒靠在地上，右手支头，多半是撑不住睡过去了。而那一边的梁应物没有回来的意思，好像进了甬道。

这家伙想干什么？联想到昨天晚上他欲言又止，我肯定他发现了什么。

我翻身起来，其他人依然不发声地睡着，也不知醒来了没有。

带上手电筒，我追着梁应物进了甬道。手电筒的光柱照过去，发现他的姿态怪异到了极点。我的心一突，他这是怎么了？

梁应物身子紧挨着甬道的右边，正一点一点向前挪动。不是走，而是挪，而且他竟然没有使用手电筒。我手里手电筒的光柱照在他前方的路上，他居然一点反应也没有，照样一点点往前移去。身体姿势奇怪僵硬，就好像在梦游一般。

我心里一震，快步追上他，近了才发现，他的手正紧贴着石壁，就像一个盲人，以手代眼向前走。我顾不上许多，用力一拍他的肩膀，同时在他耳边低喝了一声"梁应物"。

梁应物身子一抖，回过头来，手电筒的光线照在他脸上，看起来并无异状。

梁应物一把将手电筒推开，骂道："你吓什么人啊？"

"你在吓什么人啊，刚才你在干什么？"我反问。

"我正试着排除视觉的干扰。"

"视觉的干扰？"我不解。

梁应物转身退出刚走了没几步的甬道，我也跟着退了出来。

并不是只有我和梁应物两个人起得早，刚才我的一声低喝，虽然不太响，可是在这样的环境里，显然还是被别人听到了。学生那边爬起来一个人，朝我们走过来，到划定的生活圈边缘，犹豫了一下，还是决定到我们这里看看到底怎么回事。我用手电筒晃了一下，是路云。值班的卞小鸥居然还没什么反应。

"怎么了？"路云细细轻轻地问。

梁应物示意我熄了手电筒，说："我正在和那多想出去的办法。"

他顿了一顿，却问我："那多你说，我们为什么走不出去？"

这是个最难解的结，我在脑子里整理了一遍，谨慎地说："这是最奇怪的地方，相对比较合理的解释是，在甬道的某个地方有一个空间折射口，就像可以折射光线的镜子一样，我们一通过这个镜面，就开始走回头路，最终再次走回来。但这个解释是我想象的，一点依据也没有。我从前曾听说过自然界有时会产生时空的弯折地带，那样的地带里会有一些传送点，把走进去的人或动物传到另一处，可是我们的情况，用简单的空间传送来解释，是说不通的，因为我们走得很流畅，一点也没有被传送的感觉。在行进的过程中发生不让当事人觉察的传送现象，就是我也无法进行这样夸张的想象。所以我只好杜撰出一个空间反射镜面。"

这一大段话我说得断断续续，一点都没有底气。连我自己都不会相信，我会这么有预见性，随便一个推测就会正中红心。可是目前我只想得出这样的推测，更要命的是，就算事实真的接近我的推测，如何解决，仍然一点头绪也没有。

梁应物沉思了片刻。我可以清楚地听到自己的心跳声。

像这样的讨论，如果是平时，讨论的双方一定兴致高昂，说到关键处，眉飞色舞甚而配合手势都是常有的事。可是你完全无法想象，在人洞里，在这种如果没有几十步外微弱的手电筒光线和四周的点点磷光就是绝对黑暗，并且连风和流水的声音都没有的地方；在这种就算是再熟悉的人站在对面，都因为无边的黑暗而显得阴气森森的地方，进行这样的讨论，和平时会有多大的区别。每时每刻，我都可以感受到来自黑暗的压力，这种压力的来源是恐惧，这种恐惧的来源是无知，就算我用尽目力，也没办法看清楚梁应物和路云的面目，更毋论黑暗深处的东西了。

好在梁应物沉默的时间并不太久："你的想法很新奇，我没有想到过，可是空间传送这一节，我也考虑过。你的想法和空间传送有一个同样的致命缺陷。"

梁应物顿了顿，我知道他要说什么，叹了口气说："你是不是想说，为什么我们一点感觉都没有？"

我看见梁应物的头动了动，应该是做了个点头的动作："是的，一个让脆弱而敏感的人类一无所觉的反射点，居然可以流畅到让十四个全神贯注的人无法发现一瞬间开始走回头路的反射点，一个让十四个人在确认行进途中前面和后面的人没有忽然消失等异状的反射点，就算用尽你的想象力，你认为会有多大的概率？"

我无法回答，我的推论是建立在我自己的想象上的，而梁应物的反驳则是基于我们十四个人，其中也包括我自己的感知能力上的。如果我拒绝梁应物的反驳，就等于完全抹杀自己和周围人的感觉判断能力。事实摆在那里，我们来回走了几遍，每个人都全神贯注，可是没有一个人发现一点点异状，更不用说自己发生位移这种大状况了。

自己的猜想被推倒了，我心里却反而生出了一丝希望。梁应物这样问这样说，显然有着自己的想法，和我不同的想法。

果然，梁应物说："我想了很久，我们没有办法从外界找到哪怕是一点点的奇怪痕迹，所以，假设由此推断其实外界并没有问题的话，那么问题……"

"问题在我们自己？"路云脱口而出。

我心里一动，想到了那些有点奇怪的石头。

"是的，我猜想，如果是我们自己的感知出了问题，有一种未知的力量影响了我们所有人的感知能力，至少混淆了我们的视觉，让我们走了回头路，自己却以为一直向前走，这样说，倒还解释得通些。"

"感觉被影响了？"我思考着梁应物提出的解释，同时把我对之前那些石头的怀疑说了出来。

"嗯，如果真的是我们的感觉被影响，那么基本可以肯定，这是一次非自然的事件，不过多半不是针对我们而来，只是由于我们的好奇心让自己身处险境。所以，那些石头或许真的是一种阵法也说不定，自从我们进洞开始，就已经陷入了阵中。"有了我新提供的线索，梁应物的语气肯定了一些。

回想起梁应物刚才的动作，联想到他说的话，我终于明白了他刚才在干什么。

"刚才你是不是闭着眼睛，想单靠触觉沿着一边的石壁走出去？"我问。

"是的。"梁应物肯定地回答，"如果甬道本身没有问题，出问题的是我们的感觉，那么摸着石壁前进，应该就可以走出去。"

"我们一起试，你摸左边，我摸右边。"我说。

"好。"梁应物同意，他转头对路云说，"你就在这里等我们，这样子走一遍，无论出得去出不去，时间都会比较长，如果有同学醒过来问起，你就把我们的情况和推测说一下。你们放心，如果我们走出去，我会让那多在洞口联系外界，我再走回来。"

路云忽然抓住我的胳膊，声音微微颤抖："你们……你们一定要回来啊。"

我的心脏剧烈跳动了几下，我知道她的意思，她并不是怕我们出去以后不管他们，不再回来，而是怕我们走进这个墨黑的甬道之后，出不去，也回不来，就此消失不见。在这种地方，谁也无法排除这样的可能性。

我曾经试过闭起眼睛走路。夜晚走在回家的路上，闲着无聊，就会闭起眼睛，在黑暗中走上一段路。可是通常走不到二十步，就会把眼睛重新睁开。尽管我明知道前方没有人也没有车，更不会撞到墙，可还是无法控制自己把眼睛睁开，这是人的本能，无法长时间在未知的情况下前进。

我以为摸着洞壁走，有所依托，感觉会好些，而且已经在黑暗中待了那么长的时间，暂时闭上眼睛，杜绝手电筒的微弱光线不会太难，但走出三十步的时候，我就知道错了。

石壁摸上去冰冷而粗糙，一个晚上睡下来，我本已经冰寒入骨，现在更是微微地颤抖起来，额头的冷汗却已经沁出。在这个把出口吞噬掉的石洞里，闭起眼睛走路，把赖以发现危险的视觉抛弃，每走出一步，心中的无助感就越发地强烈起来。

我摸着石壁的手越来越用力，前进的速度却越来越慢，我甚至感到羞愧，这就是我，一个见多识广并且自诩有着探险精神的人吗？可是，如果是普通人，我想，走不到一百步就睁开眼逃回去了吧。

或许在平时，我闭着眼睛沿着墙走，尽管或多或少也会有些失去视力而产生的心理障碍，但绝不会有"坚持不下来"的感觉。而在人洞里，那几百具白骨就在不远处森森地闪着磷光，老实说我真的很担心，会不会把手摸到一具活骷髅上去，又或者在向前走的时候，背上突然被一只不知从什么地方冒出来的手轻轻拍一下。

"你还在吗？"转过第一个弯的时候，我实在不堪黑暗和未知带给我的沉重压力，我一直听到身边有着沉重的脚步声，知道梁应物还在旁边，可能如果两个人一边走一边交谈的话，对于舒缓压力很有好处。至少可以让我确认，在黑暗中真的有一个人和我一同前行。开口说话，应该不会影响这次实验吧。

"在。"梁应物回答。听声音传来的位置，他好像比我还要靠后一些。

原来他走得比我还要慢啊，这至少说明，梁应物心里的恐惧不比我少。

"你那边有什么异常吗？"其实梁应物离我也就几米远，有什么异常我还会不知道？但总要找些话来转移注意力，这样沉重的压力，精神承受力弱的人，恐怕一遍甬道摸下来，就算出得去也得去看心理医生了。

"没有，你呢？"

"没有，第二个弯口应该快到了吧？"

"还有段路吧。"

"那个……"我忽然想起了一件真的要问他的事，"昨天你没有说出来的那个发现，是什么？"

"……"

梁应物没有回答，如果不是他的脚步声依旧在我耳边响着，我几乎要怀疑他出了什么事。

到底他发现了什么，这样讳莫如深。

"我发现那些白骨，那些人死得有点奇怪。"声音明显从我身后传来，看来一听到我的问题，梁应物前进的速度就瞬间慢了下来。

"死得有点奇怪？他们不是饿死的吗？"我也放慢了挪动的步伐，心里涌出了不妙的感觉。

"或许把死因归结起来，可以说是缺少食物，但其中有些人，或许是大部分人，死因都不是饿死那么简单。"

"不是饿死，那是怎么死的？"

"你应该也注意到了，大多数人的尸骨是不完整的，地上甚至到处都散落着腿骨、臂骨和肋骨。"

"你是说，他们是被杀死的？"我揣测着梁应物的意思。

"我昨天捡了几块零星的散骨看了一下，有两块上面有一些痕迹。"

"痕迹？"

黑暗中，我听见梁应物的呼吸声急促起来。

"我想，那是牙齿的痕迹。"

我张口想问，话到嘴边，却忽然知道了梁应物的意思，一时间只觉得浑身的汗毛一根根竖了起来。

"吃人？"我胸口就像压了块千斤巨石，喘不过气来。

"是的，我想当初他们也像我们一样出不去，又没有食物，就相互残杀，胜利者把失败者吃掉，只是，最后可能谁也没比谁多活几天。"

我努力消化这个信息，怪不得昨天他不在学生旁边告诉我这件事："还是不要告诉学生这件事，他们承受不了的。"

"不，"梁应物的声音冰冷，"我怕他们知道之后，会有不该有的念头。"

我的身子一震，会吗？他们还是学生，还是孩子。可是在这样的生死关头，人的劣根性和残酷会彻底暴露出来，如果让他们知道有先例的话……我艰难地咽了口唾液，只觉口中干涩无比。这个时候，我触到的石壁开始弯曲，我走过了第二个弯道。

我们是不是可以借着触觉走出去，就看这最后的一段甬道了。

我和梁应物不约而同地加快了脚步。

是脱困，还是重新陷入死亡的深渊？

梁应物的脚步突然停住。

"怎么了？"我紧张地问。

耳边传来一声叹息。

"没什么，走吧。"梁应物说。

又走了十几步，我猛地停了下来，心一下子凉了。

"你也发现了。"梁应物的声音里有着深深的疲惫。

是的，我也发现了，我不知道我正在走的路通向哪里，但至少不是出去的那条路。

因为脚下的地形，平坦依旧，没有一点高低起伏。梁应物显然早就发现了这一点。

再往前走了一段，闭着的眼睛却感觉到一团红色。是外面的阳光吗，还是……

"回来了，梁老师和那多回来了。"学生的喊声宣告了我们的失败。我睁开眼睛，手电筒的光线照在我的脸上，耀眼生花。

又走回来了。在只靠触觉沿着一边前进的情况下，我们居然又回到了原点。

梁应物紧跟着我走出了甬道。

"走出去了吗？走出去了吗？"何运开问。虽然大多数学生看到我和梁应物回来时的样子，就可以猜得出结果，但何运开一问，所有人的脸上还是露出了一丝期盼之色，只可惜他们得到的是否定的回答。

"不要气馁，我们才刚刚开始。今天我们要做的，就是通过各种实验，排除一些可能性，找出最接近我们目前处境的可能性，并且走出去。你们听说过哪位科学家只搞一次实验就成功的吗？"梁应物坚定的语气让这些大学生开始找回丢掉的思考能力，一些人的眼神若有所思。

如果这真的是一种阵法的话，那么当现代的科学精神和科学实验碰到古典神奥的阵法，会发生什么？我忽然对走出去有了点信心。

"现在先分配今天的食物，你们可以根据自己的情况，决定什么时候吃掉它。"

我分到的是五块压缩饼干，这在平时连一顿的量也没有，可是即便每个人分到的食物那么少，那一堆食物还是一下子少了大半。

至于水，我和梁应物率先拿空的可乐瓶从水潭中打满。我先细细尝了一口，接着就灌了半瓶下去。水质清冽，还有微微的甜。自从知道了这堆白骨当初的死法，我就断定这水潭里的水应该没有问题，如果当初缺水喝的话，人根本撑不到需要吃人肉的程度。

我吃了三块压缩饼干，剩下的用餐巾纸小心地包好，装进小塑料袋里，放入裤子口袋，再拉上拉链。最后时刻，我可能会把那张包饼干的餐巾纸也吃进肚里。刚才又走了一遍甬道，并且用的方式较正常走更消耗体力和精力，再加上时刻处于紧张状态中，让我的胃早就开始抽搐了，否则我会在口袋里留下三块饼干。

我看了一眼梁应物，他似乎在做和我类似的事。至于学生们，到现在早就饿坏了，能忍着不去动公用的食物已经很了不起了，现在分到的食物，转眼就扫荡一空。

如果是昨天刚进洞的时候，恐怕很难想象这些学生可以在白骨堆中吃饭，一夜过去，学生们对这些白骨的恐惧已经削弱了些。原因很简单，因为他们已经身陷更胜过这些死人骨头的恐惧中了。

现在的时间是清晨，可是在洞里，没有白天和黑夜，只有黑暗和磷光。所以清晨该有的精神，在我们这十四个人中一点都找不出来。手电筒还剩下七把能亮的，消耗速度快得惊人，就算我们一共还有四节电池，能够保持"长明"状态的时间也不会太久了。如果在陷入黑暗之前还一筹莫展的话，就糟了。当然，我们现在已经很糟糕了。

梁应物思路清晰而且善于表述，所以向学生们传达我和他迄今为止对形势分析的任务，显然非他莫属。梁应物把所有的猜测、疑问、各种可能性都一一告诉了学生，在现在的形势下，保留什么显然并不是个好主意，我们需要集众人的智慧，才有可能重见天日。当然，关于吃人的事，梁应物没有告诉学生，这是个例外。

尽管也有一些奇思怪想，但归结到最后，学生们还是基本倾向于我和梁应物的判断，即我们自己的感知被影响了，因为没有已知的科学理论可以支持沿着同一条路前进会回到原点这个事实。我们既然不可能重新创造一条科学理论来支持这个事实，那么只有认为，从客观上讲不存在一条会回到原点的路，毛病是出在我们自身上。

这是目前我们所能想到的唯一前进方向，我不敢说它百分百正确，但我们只有这一个方向，否则就剩下等死了。

如果路本身没有问题，有问题的是我们自己，那么这个局就应该有破绽。我们一定可以通过某种方式，来证明我们的感知确实出了问题。只要我们找到这个破绽，就可以顺着破绽找到出去的方法。

还有一件非常重要的事，就是要快。我的胃在接收了三块压缩饼干后，依然抽搐着，这三块饼干不能够喂饱它。

我们的视觉一定出了问题，否则走了几遍，不会都没有发现在不知不觉中走了回头路。而刚才我和梁应物的实验又证明，我们的触觉也出了问题。那个在黑暗中起着作用的力量，完美地欺骗了我们的视觉和触觉。

我们必须找出一些对人的感觉依赖性很少甚至不依赖的实验，来对甬道进行测试。

此外，卞小鸥和费情提出，如果正如我所说，是一种类似阵法的东西在起着作用，那么按照一些古书中所写，有些阵法，生门在一天中的某个时候会开启，是不是该派人每隔一段时间就走一次甬道。尽管我怀疑所谓的"古书"是否只是一些仙佛神怪小说，但他们说的也不无道理，万一这个鬼洞在某个时候会失效，就算只有万分之一的机会，也不能放过。于是我和梁应物商量后决定在实验之外，每小时派出一支由两个人组成的探索小组，带着一把手电筒，走一遍甬道。

所有的人坐成一圈，大家都已经把早餐解决了。这一次我们没有打开手电筒，因为大家都已经想通了，如果在这里也可能有危险的话，那么靠一点点微弱的手电筒光绝对无法幸免，还不如把电节省下来，除了大小解必需的光源外，把所有的光都用到甬道内的探路上。

在黑暗里围成一圈，每个人都用手环抱在胸前取暖，彼此只能听见粗重的呼吸声，只有人的眼睛泛出微光，这种瞳孔里泛出的光，仔细地看去，是绿色的，因为那是周围白骨的磷光反射，如果没有这些白骨，那么就连眼睛都不会发出光来。我在心里暗想，其实如果找一堆磷光强的白骨来，堆成一堆，也许能起到一定的照明效果。这种念头只能想想而已，真的实施起来，说不定会把心理承受力弱的学生逼疯的。天，如果在这种地方有人发疯了会怎么样，他会做出什么样的举动，我不敢再深想下去。

尽管气氛诡异无比，但大家还是一个接着一个地提出了对甬道的测试方案，事实上这种时候只能把自己的大脑全力运转起来，不让它有时间想不该想的东西。

刘文颖提出了一个名为"背向视觉定位"的方法，我们都觉得可以试一试。这种法子需要两个人，背贴着背，前面的人向前走，后面贴着他的人以同样的速度后退，保持背部的紧密接触。每个人一支手电筒，一个人看前面，一个人看后面，这样就可以保证不走回头路。如果这个甬道对人的视觉影响不能做到完全同步，也就是说，一个人在受到影响之后，另一个人还没被影响，哪怕是有一秒钟，都会被发现。而如果有某种力量使人走到甬道内的某一点上发生特殊情形，那么这种方法应该也可以发现。

梁应物补充了一点，要一边走，一边仔细观察甬道四周的情况，并且用心记下来，这样如果走回了上一段甬道，就可以马上看出来。

我站了起来，掸了掸身上的灰，准备再次和梁应物用这个新方法探索甬道，却听见了几个近乎异口同声的声音："让我去。"

我努力地辨认了一下，是何运开、卞小鸥，居然还有那个内向的郭永华。

"这是我们大家的事。"何运开说，"反正以后每小时都要有人去探路，不可能永远让你和梁老师去。"

"是啊，就让我和何运开去。"郭永华说，"或者，或者，路……路云，你……你要不要，要不要和我去……"郭永华又口吃起来。

我心里微微一动，我猜想郭永华这时脸一定通红。这小子，平时那样木，居然现在还有胆子泡妹妹，不过话说回来，现在这种情况，倒真是个不错的机会，是展现坚实可靠的肩膀的最佳时机。当然，这还得以能出得去为前提，否则大家死在这里，纵是红颜也化为枯骨，肩膀也是一样。

"我……我……"路云明显很迟疑。

"我去吧，我和费情一起去，我们两个，配合起来应该更好一些。"卞小鸥的话更有说服力，靠在他身边的费情轻轻"嗯"了一声，表示同意。

"好吧，小心点。"梁应物同意了。

就在卞小鸥和费情拿着手电筒快走进甬道的时候，我提醒他们："保持背靠背的姿势进甬道，从现在起要集中精力，尽量别被其他什么的分散了你们的注意力，注意力集中的时候不太容易受影响。还有，注意看手电筒照出去的光柱，看看有没有扭曲的迹象。"

卞小鸥和费情背靠着背，小心翼翼地进入了甬道。

大家并没有离开生活圈，但所有人都看着甬道口，等待着，尽管那里看起来黑魆魆的一团。黑暗的寂静里，时间过得很慢很慢。

过了将近二十分钟，我看见甬道口亮起了微弱的手电筒光线。我的心沉了下去，我知道他们失败了。

又过了几分钟，卞小鸥和费情背靠着背，从甬道里慢慢地走了出来。

"失败了。"卞小鸥说。他和费情走回生活圈，熄了手电。光线熄灭之前，我看见两个人的面色都很差。

"什么异常都没见到，而且，而且……"卞小鸥转头看了费情一眼。

"这真是太不可思议了，我竟然分辨不出这三段甬道，你呢？"卞小鸥问费情。

"所有的甬道都一模一样。"费情说。

"一模一样，怎么会？"好几个人问了起来。

"真的一模一样，我已经非常用心地看了第一段甬道的特点，比如在刚进去的时候，左边有三个陷下去的小圆槽，顶上还有一块三角形的微微垂下的岩石。"

"右边石壁走五步的时候还有一大块约三厘米高的凸起的圆石头。"费情补充道。

"可是转到第二段甬道的时候，所有这些特征，竟然和第一段甬道里一样，第三段也一样，就好像一个模子里浇铸出来的。"

大家一阵骚动，竟然会出现这样的情况，这真是太完美了，完全无懈可击啊。

"我们来分析一下吧。"梁应物说。

"第一，这个甬道对人的影响力，至少从甬道口就已经开始，甚至不排除我们现在所在的这个洞也受到影响的可能。

"第二，这种影响对多人而言是同步的，并且影响途中不会中断。

"第三，这种影响力非常强大，强大到常人就算全神贯注，也无法幸免，并且初步看来，在细节上也做得很好。"

梁应物最后总结："所以我们必须找一个新的法子，找一个新的切入点。"

学生们开始了新一轮的讨论，却觉得情况很不乐观。

梁应物似乎发现了我的情绪有些低沉，走到我身边问："怎么了，那多？"

"这样的细节也做得这么好，我怕要找出突破的法子很难。"我说出了自己的想法。

"不，我不这么想，不论用什么法子，如果造成的幻象和自然状态相近，或者说没有明显的逻辑冲突，那就非常难解，可是现在，我们面对的状态太过离奇，过度的离奇，其中必有破绽。"梁应物坚定地说。

"希望是这样。"

我被梁应物一番话所激励，念头一转，忽然想着如果这里有炸药，炸他一炸，说不定就把阵势破了。不过要是引发山崩，只怕最终结果也是一样。这样想着，我拖来自己的旅行包，在里面摸索着，看看还有什么有用的玩意儿。

手在包里摸来摸去，摸到的竟是那一大段的登山绳，这段绳索足有一百米长，足够吊起二百公斤的重物，不过在现在这种情况下，什么用都没有。

等等，一百米长的绳子。

我忽然想到一个法子，不由得喜上心头，叫道："我有法子了。"

"什么法子？"一下子所有的学生都围了过来。

"用绳子。"我把登山绳拿出来。

"绳子……"梁应物一拍大腿，"好办法。"

别人好像还不太明白，我解释说："如果一个人拿着绳子这一头，另一个人拿着绳子的另一头向甬道内走，时刻保持绳子绷直，也就是说，自己并没有走回头路，一直到三段甬道走完，什么妖法都破了。"

大家顿时兴奋起来，这样一个简单的法子，很有可能就把这个阵给破了，至少我到现在还想不出，如果站在布阵人的立场，有什么法子可以破我这个"绷直绳索向前走"的大法。

"我想出的法子，我自己来，你们谁也别和我抢。"我说。

不过最后算下来，整段甬道有二百五十米左右，我这一百米的登山绳还远远不够用。好在梁应物和何运开各带了一条五十米长的绳索，还有近十条加起来不到二十米的各色短绳，全都编起来，还有三十多米的缺口。

"拆包。"梁应物当机立断。我、梁应物、朱自力、卞小鸥、何运开、赵刚、王方圆、林质朴、郭永华九个男人的包被剪刀完全剪开，拧成绳子，终于编成了一条约三百米长的"百家绳"。比原先预估的还要长了五十米，总要留一点富余吧。

这一次我的助手是梁应物，他站在甬道的入口处，握着这一条材质各异的"百家绳"。之前我们做过简单的测试，绳子的强度不成问题。我拿着绳子的最前端向洞内走去，每走一步，梁应物就松一段绳索，通过绳子，从梁应物那边传过来的力量让我比之前任何一次都有信心。

第六章

黑暗里的异变

Chapter 6

　　我并没有带手电筒，前几次的经历证明，手电筒并没有太大的作用，这一次，有手中的绳索就足够了。第一个弯到了，转过去走了几步，绳索紧贴着转角处的石壁，略略增加了一些摩擦产生的阻力。我有些担心，绳子是否会被转角处的粗糙石壁磨断，稍微放松了手上的力量。梁应物在那一头立刻就感觉到了，绳子被他连着拉了三下，我回拉了几下，以示并无异状。当然我可以放声大喊，他也应该听得到，不过在这种地方，我可不想干出这等吓人吓己的事。

　　每向前走一步，我的心跳就加快一些。说不清是兴奋还是惶恐，总之，我依然可以感觉到绳子自始至终都绷紧着，也就是说，我并没有走回头路。第二个转角已经到了，如果转过去，向前走，绳子依然绷紧着的话，那么我是不是就可以……

　　想到这里，我深呼吸了一下，平复一下心情。攥着绳子的右手早已经满手心的汗，腻腻滑滑的。

　　转过去了，绳子紧紧贴着石壁转过第二个弯，我可以听见它和石壁擦出的"沙沙"声。几乎是下意识地，我加快了脚步。那一头的梁应物花了几秒钟才适应了我速度的变化，不过我相信，他的脸上一定露出了笑容。

　　因为，我就要走出去了。

　　快接近第三段甬道的终点了，前面隐然有光线！

　　"绷直绳索向前走"大法，果然是无敌的。

或许因为就要脱困使我太兴奋了，直到快走出去的时候，我才意识到脚下的路依然平坦。或许这并不是一条出去的路，但无论如何，这总算是一个进展，总比困在那个白骨洞强。

　　还有二十步，十五步，十、九、八、七……我迫不及待地以几乎是冲的速度向前，向前，全然不顾到一个全新陌生的环境时该有的谨慎小心。通常情况下，我是不会这样鲁莽的，可是之前白骨洞的数十小时的幽闭事实已经让我失去了平常心，难道说还会碰上更糟糕的情况吗？

　　一个人从云端摔落到崖底是什么感觉，我终于知道了。就在还有四五步便可以走出甬道的时候，我被雷劈到似的猛然站住，我已经可以依稀看到前面的情形，那是我绝对未曾想到过的，背上如同有几十只蜈蚣在爬，令人毛骨悚然。

　　我下意识地用力地拉着手里的绳子，这条绳子从我进洞起，就一直绷紧着，直到现在，但是，站在前面不远的，不是梁应物他们，又是谁！

　　"天！"我听见梁应物低呼了一声。

　　这几步路我走得无比艰难，每走一步，透过梁应物身边路云手上的手电筒光线，可以清楚地看到，神情木然的梁应物，是怎样配合着我的脚步，一点点放出手上绳索的。

　　走到甬道口的时候，每个人都被这股难以言说的诡异力量镇住了，或张大着嘴，或紧咬着嘴唇，发不出声音。我缓缓回头，颈骨因为用力而发出"咯咯"的响声。没错，在手电筒光线的照射下，一道绳索，一头攥在梁应物手上，一头攥在我的手里，贴着甬道石壁的两边，绷得笔直，直通向甬道内那无边的黑暗里。

　　绳子一直绷着，所以我没有走回头路，但是我还是走回来了。而这根绳子还是绷着，以一种没有人可以想象可以解释的方式，紧紧地绷着。

　　这到底是怎么回事？

　　最最基本的物理学常识，在这一刻，被完全颠覆了，我真的感到自己的无力。

"怎么办？"胆子最大的何运开，这一刻也像个孩子一样无助地问。

"进去，进去看看。"梁应物声音干涩。

学生们都被吓住了，所以没有人和我及梁应物抢着再进甬道去看个究竟。而我，心底也有着逃跑的念头，但仅存的理智使我不能让同样惊恐的梁应物独自进入甬道。

我和梁应物慢慢地向前走，同时一把一把地收拉着绳索。梁应物左手的手电筒因为双手要抓绳索，无法牢牢握住让光柱笔直向前，所以不稳定地晃动着。

我把注意力完全集中起来，待会儿不知会看到怎样的情形，发生怎样的事。这一回，注定不寻常，虽然我还是没有走出甬道，但是借着以绷直状态诡异折回的绳索，这个一直找不出一丝异状的甬道，不可能再保持它的沉默。要知道，绳索一共也就三百米长，而甬道的总长在二百五十米左右，让绳索发生折回状态的那个点，一定就在第二段甬道里。当然，这样的推测是基于常理的，也许，绳索根本没有折回，在绳索所处的空间里，的确是笔直绷成一条直线也说不定。

果然，第一段甬道并没有发现什么，两道绳索沿着石壁转过了弯道。又一个违背常识的情况出现了，我拉着的绳子是贴着内侧的石壁转角没错，可是梁应物拉着的那一边，竟然像被一个无形的钉子钉着一样，沿着另一边外侧的石壁向前"走"。

我已经没有办法顾及，到底是什么样的力量使那根绳子像被一只大手死死按在石壁上一样。因为才转过第二个弯，借着手电筒的微光，我赫然看见了绳索的尽头。

从转过第二个弯开始，绳索的状态就和第一段甬道里不同，偏离了两旁的石壁，开始向中间收拢。而绳索尽头的情形，一时很难用文字描述出来。硬要说的话，就好像在地上立一个桩子，两个人各执绳子的一头，把绳子绕到桩子上，再向反方向跑，那么跑到绳子长度一半的地方，就会被桩子"拉"住，无法再前进，而这一条绳子在桩子那里，会折成一个锐角。

我和梁应物就好像是拉着绳子向反方向跑的两个人，区别在于，借着手电筒的光线，我拼尽目力，也看不到那个应该竖在那里，把绳子拦住不让它回来的桩子。

换言之，在前方十几二十米的地方，有一个无形的桩子，或者有一只无形的手，紧紧地拉住绳索。现在出现在眼前的情景，是一条绳索凌空折成一个极小的锐角，锐角的角尖部分离地一米多，定在半空中，我试着用力拉，却依然一动不动。

梁应物看了我一眼，他的鼻尖早已布满细小汗珠。

"谁，谁在那里？"

嘶哑干涩的声音在甬道里回响，我和梁应物喘息着，全神戒备。那股让绳索悬空的力量就在前面，隐身在石壁里，甚至在空气中。

啪，汗珠从我的鼻尖跌溅到地上，问话没有得到任何回应，半空中的绳索也没有松动的迹象。

我缓缓向前迈了一步，再一步，到了这种程度，如果有危险的话，相信转身逃回去死得更快。

当我和梁应物走到离目标还有五步距离时，那股牢牢抓住绳索的力量毫无征兆地消失了，绳子一下子落到地上。猝不及防下，我们两个人收势不住，踉跄了几步，险些摔倒在地。

我扶着石壁站稳，想上前去，却又猛地站住。梁应物此时和我心意相通，抓起绳索再向前抛去，连着扔了几次，都毫无异状地轻易收回，仿佛那力量玩够了，把我们扔在这里，神秘地消失了。

我和梁应物鼓起勇气走到刚才绳索落下的地方，在周围来回走了几步，手电筒细致地上下照着，却什么也没发现。

如果按照我的理论，这里就是关键的那一点，可是不管是我看着梁应物在这一点上徘徊，还是梁应物观察我的举动，都没有一点点被传送或者被反射的迹象。

尽管有新的状况出现，但对我们的处境却没有一点帮助，反而使事件更加扑朔迷离，我和梁应物只好再往前走，转过弯去，很快又走回了白骨洞里。

和学生们把刚才甬道里发生的异象一说，每个人都神情呆滞。

梁应物叹了口气，说："先休息一下，再想办法吧。"

坐定下来，饥饿感如潮水一般涌来，我摸了摸裤子口袋里的压缩饼干，强自忍住。

定下心神，我开始解析刚才诡异现象背后的东西。我相信，无论刚才看见绳子停在半空中的情景是我和梁应物同时产生的幻象还是确有其事，这段甬道已经证明，它不仅有着迷惑人的能力，而且有着真正的"力量"，可以抵抗住我和梁应物两个人的拉力，仍然使绳子纹丝不动的力量。这股力量，从我回到白骨洞口，和梁应物两个人发现不对劲开始，一直到走回到第二段甬道，看见半空中的绳索为止，都让我和梁应物清晰地感受到了。

我们两个男人一齐发力，总有百把斤的力量，却没有晃动绳子半分，这股力量恐怕才露了一小角。而这力量除了拉住绳子外，还会做什么，是不是只在甬道里存在，还是说能延伸到这白骨洞中，谁也不知道。更要命的是，原先绳子只在我和梁应物双方力量的作用之下绷直，这第三方力量是什么时候介入的，我们两个人一点都没有察觉。

我把这个猜想告诉梁应物，他却依然沉默不语。旁边的路云却提出了比较合理的说法。

"不一定存在着拉住绳子的力量，或许，如果那段甬道能影响人的视觉、触觉，是不是也有可能影响其他的、更多的感觉。"

路云的话一出，黑暗里立刻传来吸气声。天，她的意思是说，很可能我和梁应物看到有两条绷直的绳子，用力拉也不动，围观的学生也看到了，却可能全都是错觉。如果真是这样的话，那我们对自己就连最后的信赖都不复存在了。

最可怕的是，这样的观点的确有着是事实的可能。

我们所有人，如果在这里的一举一动都不是完全受着自己的控制，我看见自己抬起了手，其实是错觉，认为自己在用力地跑，其实根本没挪动一步，甚至伸手揉眼睛，却可能是正在用手去挖自己的眼珠子……

我已经没有办法再想象下去。

"路云所说的这种可能性是不存在的，我们在寻找出去的法子的时候，不必把这个可能计算在内。"梁应物低沉的声音适时响起。

"为什么？"不仅是我，许多人都一齐问梁应物。

梁应物却没有回答，黑暗中，不知他在想什么。

路云忽然笑了，她的侧脸被越来越弱的手电筒光照着，我已经很长时间没有看到别人的笑容，瞥见路云的嘴角和脸上的肌肉皮肤变成"笑"的模样，心里竟有一丝诡异的悸动。

路云用有些变调的声音说："因为如果真的像我说的那样，那么，我们谁都别想活着出去！"

我的心里一震，这话一点不错，如果我们已经无法控制自己，还谈什么出洞？

梁应物似乎点了点头，黑暗里我看不真切，但他还是不说话。

现在是自被困洞里以来，学生们情绪最不稳定的时候，刚才路云的口气已经让我开始担忧，平时意志称不上坚定的学生们到了这种九死一生的境地，就算不知道曾发生在这里的人吃人惨剧，会有怎样的反应，还真是难说得很。借着手电筒的微光扫了一眼，蒋玮似乎正在紧紧地抓着自己的头发，而朱自力则把头整个埋到自己的双膝中，蹲在地上缩成一团，卞小鸥和费情抱在一起发着抖。

梁应物却在这个关头一言不发，大反他之前的做法。

"你在想什么呢，赶紧说两句，让大家打起精神，好继续想办法。"我压低声音对梁应物说。

梁应物竟然叹了口气，尽管他很快就把气憋了回去，但他的确在叹气。

"刚才那根绳子，你也看到了，你说，还能想什么法子？"

我终于明白了梁应物为什么这样颓丧。刚才的"绷直绳索向前走"大法，实在称得上是一个非常漂亮的方案，也正因为这个方案非常有效，才让原本一直隐而不出的力量现了形。可是这样的方式，却已经让梁应物明白，这个神秘的甬道仿佛已经开始正面向我们"宣战"，之前的种种探索，是想试出这甬道到底诡异在什么地方，并且要找出一种运用身外工具代替自身的感官走出甬道的办法。但神秘力量一出，无疑宣告着就算借助工具，也一样徒劳无益，这种情形下，再想什么办法，得到的结果不会比现在更好，如果还想找出更好的测试方式，甚至要冒着被神秘力量反噬的危险。

"我明白你的想法，可是，我想我的结论与你的正好相反。"与梁应物不同，我没有刻意压低自己的声音，因为我想让所有人都听见我说的话。

"的确，如果再想出各种办法对甬道进行探索，可能会有危险，刚才那股力量抓住绳子，这是一种温和的表现，如果暴躁起来的话，抓住的就可能是我们的脖子。但是，我们的机会也在于此，照现在的样子，如果我们就此离甬道远远的，那么不用说，我们一定会饿死，既然横竖要面对死亡的威胁，不如不断地探索这个甬道，不停地刺激那股力量，让它再也无法隐藏，仅仅凌空抓住绳子，这还不够，要让它再多暴露一点，当危险完全把自己展现在我们面前的时候，我们才能看清楚一切，并且找出脱困的办法。置之死地而后生，这就是我们现在要做的事！"

第一次，我没有在学生面前避讳"死"。因为这个时候，我需要用死亡来刺激他们的勇气。

"我想明白了，你说得没错。"梁应物向我点了点头，他已经从刚才短暂的困扰中解脱出来了。

至于其他人，显然也被我的话打动了。用不着看他们的表情，我也能感受到他们看着我的目光里的东西，男生有豁出去的气魄，女生则有些敬佩，她们一定在想，梁老师说得没错，这个叫那多的记者果然见多识广，或许只有经历过死亡危险的人，才说得出这样的话吧。唉，我这个人，看来在任何情况下都可以自我陶醉。

不过要再找出和"绷直绳索向前走"大法同样优秀的方法，却不是件容易的事。或许以后看这个故事的人可以想出很多种办法，但是"当局者迷"这句话，真是一点都不错。黑暗仿佛把我们的脑子都糊住了。

我们讨论了很久，其间每小时一次的探索也进行了两次，手电筒已经只有一把还有一点点光，此外还有四节电池。梁应物决定，等到用完两节备用电池，就把剩下的两节保留起来，就算是走甬道也不再使用，以备不时之需。

两个多小时前，大家被我一席话激起的那么点漠视生死的气概，很快在无边的黑暗和胃部的抽搐中消失殆尽。每个人心里的压力都越来越大，何运开甚至捡了一个骷髅头，大喝一声，狠狠扔出去，骷髅头打在远处的白骨上，一阵"咔啦啦"的声响。梁应物及时叫住了何运开，我知道他和我一样，心里对学生的情绪充满了担忧。

任何人的精神承受力都是有底线的，不知这里的十四个人中，第一个承受不住的是谁。应该不会是我，也不会是梁应物，但终归会有的。

过了一会儿，又到了每小时例行的探索甬道时间，如果连续二十四小时的探索都无法走出去的话，那么基本上所谓的"阵法生门定时开启"这个原本可能性就不大的设想，可以寿终正寝了。

这一次轮到何运开和刘文颖。两个人站起来，拿起那把只能射出昏黄光线的手电筒，向甬道走去。何运开走出生活圈，再一次踏入白骨堆的时候，又狠狠踢了一具白骨一脚，把那具相对完整的骷髅踢得支离破碎。

这一脚踢出，何运开却忽然停在那里，随即叫起来："该死，怎么刚才没想到，可以做路标啊，捡白骨做路标。"

"好。"我脱口而出。这么简单的办法，刚才竟然没有人想到，真是不知道自己的脑子怎么堵塞到这种程度！

走个十米就放一个路标，只要前面的路没有路标，就是没走过的新路，有路标，就说明走反了。

"是个好主意，不过你们很可能会在第二或第三段甬道里碰到前后都有路标的情况，这时你们就分头，一个往前走，一个往后走，看这个鬼洞有什么法子。"梁应物说。

又是一个看似完美并且无懈可击的方案，我倒想看看，这一次甬道的力量会以何种方式现形。

"可是，可是，要用白骨当路标吗？"刘文颖显然对这个相当顾忌。

"这有什么关系，要是你不敢的话，就换个敢的男生来。"何运开气势如虹地说。

"不过，背着一大堆白骨走路，也确实不方便。我这里有刀，你可以在石壁上刻记号，又有手电，就不用一路扔骨头了。"梁应物说着拿出一把小钢刀。

"一发现不对，别逞强，能逃就逃。"我说。

何运开和刘文颖应了一声，走进甬道。

这一次，大家都跑出了生活圈，候在甬道口，等着两人回来。

十分钟……

二十分钟……

三十分钟……

四十分钟……

上帝，不信基督的我不由得在心里念出了耶和华的称号，怎么会，已经一小时了啊，就算是刻记号要时间，这短短半里路，再怎样都该在二十分钟前就回来了啊。

眼前的漆黑仿佛已经把两个学生永远吞噬。

"何运开，刘文颖，你们在哪里？"不知是谁忽然大声地喊起来，随后所有的人都嘶喊起来，包括我和梁应物。巨大的声浪在洞里回荡，回声阵阵。这样的声音，就算是在甬道深处都可以听得清清楚楚，但是那里却没有一点回音。

大家喊了足足有十分钟，终于停了下来。

"说不定，他们走出去了。"林质朴突然冒出了一句。

这句话把所有人从恐惧里带出来，真的，说不定他们是走出去了。

的确，如果何运开和刘文颖真的走出去了，别看何运开表面上一副胆大包天的样子，多半还是不敢再次走进这个魔洞，谁知道这一次进去还出得来出不来，打电话找救援才是上策。

可是，万一他们没走出去呢？

"我进去看看，万一我也走出去了，我保证，一定回来告诉大家。"我说。

"我和你一起去。"梁应物说。

"不，万一有什么事，还有你在这里和学生们在一起。"

"那，你自己小心。"梁应物没有再坚持。确实，如果我和他都一去不返，不出多久，这些学生就会彻底崩溃吧。

我拿了一把已经没电的手电筒，倒出电池，把口袋里收着的两节电池装进去，一开电源，耀眼白光笔直地在甬道里照出一条光路。顺着这条光路，我再次走入甬道。

我用心地查看四周，很快地在左边的石壁上发现了何运开他们做的记号。每隔几米，就有一个用刀刻出来的三角形标记。刻得很深，看来是何运开的杰作，用手都可以摸得出来，如果我还可以信赖自己的触觉的话。

转过第一个弯，标记还是笔直向前，第二段甬道里，不见两人的踪影。

我用手电筒照着路标，刻得还是那么用力，三角形也还算规整，说明他们还没有发生什么不寻常的状况。然而，这安静的甬道中，依然只有我一个人的脚步声，除了石壁上的路标，一点都看不出两个人的踪迹。

很快，第二段甬道也走到尽头，居然还没有什么发现，我顿了一顿，然后转过第二个弯，走到下一段甬道，按照惯例，我该正走在回到白骨洞的路上。

手电筒照在旁边的石壁上，我又看见了路标，依然是刻得很好的三角形。手电筒的光柱转而笔直地照向前方。

还是没人。

怎么回事？

这两个人就这样消失了吗？一点迹象都没有啊！我一边向前走着，一边更加用心地看着旁边石壁的路标，不让自己错过任何一个细节。

可是，直到这段甬道过半，快要走回白骨洞的洞口时，路标还是每隔六七米就出现一个。

终于，在离洞口只有十米左右的地方，我赫然看见一个和之前都不太一样的标记。

还是一个三角形，可是非常明显，刻下这个图案的人，手在发颤，以至于每一边都不笔直，歪斜得厉害，而且从比之前记号更深这点来看，无疑这个记号也是何运开刻下的。

这两个人就是在这里出事的，以至于让何运开控制不住内心的惊慌，无法让自己粗壮的手臂停止发抖。但是，要刻下这个路标，是需要一定时间的，也就是说，他们遭遇的事，还能让他们有相当充足的时间刻下路标。

等一等，如果发生了什么，为什么他们只刻下路标，却不留言示警？

这真是太奇怪了。

所有这些念头都是一瞬间在我的脑中闪过，在想到这些的同时，我迅速后退了几步，手电筒照向四周，凝神戒备。

尽管离洞口很近，但何运开和刘文颖就是在这里出事，决不能掉以轻心，拿自己的性命开玩笑。

当我的目光随光柱射向前方的时候，我猛然知道，何运开和刘文颖为什么会有这样的反应。

刚才一路走来，我的注意力大都放在旁边石壁上的路标，否则，我该早就发现才对。

前面不远处，在我脑子里理所当然地认为该是通向白骨洞的甬道口，却赫然不见，取而代之的是一个新的转弯口。在那里，还有一道不知通向何方的甬道，第四段甬道。

所以，何运开和刘文颖才会这样震惊。

这一次刻路标，竟然刻出了新的甬道！

我深吸一口气，转过了第三个弯。

出现在面前的是一段和之前差不多的甬道，我用手电筒一扫，石壁上有路标，向前照，尽头看不太清，不过，不太像是出口的样子，黑洞洞一团。

沿着有路标的那一边，我缓缓向前走。如果路标不断，可能就不会发生什么危险。顺着直走就是。

为什么两个人没有回来，现在也有了解释——他们走到了新的地方。

很快这一段甬道就走到了头，又是一个弯，转过去，还是一段甬道。

走到第八段甬道的时候，我已经感觉有些不妙了。这甬道到底有多长，还有多少个弯。我走进来到现在，过了也有半个小时，何运开和刘文颖去了这么久，要是到了新的地方，照理会立刻返回，如果甬道过长，也该停下不往前走，回来报告才对。可是我居然到现在也没有碰到返回的两个人。

而且，这每一段甬道，尽管我没有非常刻意地去辨识，却还是感觉彼此相似得可怕，大自然怎么可能生得出这样相似的甬道？

又转了几个弯，旁边的路标变成每个弯口一个，并且越来越浅，越来越随便，终于不再出现。我明白这并不是出现了什么突发状况，而是两个人已经没有心思去做记号了。

我向前奔跑起来，连着跑过七段甬道，终于停下来，撑着石壁弯下腰喘着气。我心里明白，并不是没有状况发生，而是自己已经和何运开、刘文颖一起，从踏入甬道的第一步开始，就陷入到状况中了。

这个状况，只怕就是，永远也走不出去的黑暗甬道。

这小小的山腹，哪里可能会容得下这样一圈又一圈的甬道，这无穷无尽的甬道，一定是那神秘力量的杰作。我想到了当年诸葛亮设下的八阵图，困在那里面的人，莫非就是这个样子？

我已经记不清转过了几个弯，走了几段甬道。时间过去了两三个小时了，梁应物他们只怕已经绝望了。

一个人在走不出去的甬道里不停地向前走，能听到的只有自己的脚步声，能看到的只有越来越暗的手电筒光线，我不知道自己还能再撑多久，不仅是体力，精神上每时每刻所承受的压力，那种压抑不住从心底泛出的绝望，不停地撕扯着我的神经。

我从来没有像此刻这样绝望过，从来没有，哪怕是从前死亡离我只有半米远的时候也没有。我的意识随着自己清晰可闻的喘息声越来越混沌，我把自己的嘴唇咬出血来，让疼痛保持自己心底的清醒，我看了看表，下午三点五十分。我是什么时候进来的，十点，还是十一点？

双腿像灌了铅一样重，我从裤兜里摸出剩下的两块压缩饼干，我的胃已经痛得有些麻木了，这两块饼干可以让我多走一点路。

我没有停下来坐在地上吃饼干，而是一边走一边吃。我怕自己一坐下来，就再也没有重新站起来的力量和勇气了。

我的脑子已经渐渐无法思考，心里只有一个念头：向前走，别倒下去。或许很多人会不以为然，要知道军队做野战训练，常常连续急行军一天一夜，而背上背的东西有几十斤重，远远超过现在的我。可是那和我此时的情况有一个根本性的不同，就是知道——知道终点在哪里，哪怕是连着走一天、走两天，许多人也能坚持下来。可是在这样的黑暗甬道里，完全不知道要走多久，转多少弯，甚至根本不知道自己正在走着的甬道是不是真的存在，这种对一个人心志上的考验残酷到了极点，远远甚于肉体上的疲乏。

更何况我已经饿了这么久，肉体上也真是极度的疲惫。

手中的手电筒，不知在多久以前已经完全没电了。我摸着石壁向前走，一定要摸着些什么，才能让我的心里踏实一点，让我坚持着，不要放弃。

汗已经不知道流了多少，可是手脚和我的心一样冰冷。

"那多！"

"看，真的是那多！"

我隐约听见前面的叫喊声。然后一道亮光打在我脸上，我已经迷蒙的眼睛看不见任何东西，大脑在几秒钟以后反应过来，是手电筒。

手电筒的光很快就灭了，那是最后的一把备用手电筒，我听见似乎有人向我跑来，心里一松，直挺挺地向前扑倒在地上，手里那把没电了的手电筒滚出老远。

第七章

白骨上的秘密

Chapter 7

我花了大约十秒钟的时间，才确认自己已经从昏迷中醒过来，因为闭着眼睛的时候瞳孔感觉不到光，黑暗让人有着不真实感，刚刚苏醒时尤为强烈。

我并没有受什么伤，只是高度紧张的神经一下子放松，无法再支撑已经达到极限的肉体。我努力地支撑着自己坐起来，整个人还处于虚脱的状态。

"你醒了？"梁应物就坐在我身边，见到我有动静，忙扶了我一把。

"现在什么时候？"我问。

梁应物看了看表，绿色的荧光闪了一下："十一点二十分，你睡了一个半小时。"

这么说来，我在那甬道里一直走了超过十小时。我想如果不是我的潜意识感受到自身仍处在巨大的危机中，照现在的身体情况，只怕睡十二小时都不会醒来。

梁应物递给我一些东西，我借着微弱的绿光，看清楚那是三块压缩饼干。

"这是……"我可不想梁应物把自己的食物这样让给我。

"吃吧，是大家同意的，何运开和刘文颖也有。"

我这才想起我进入甬道的目的："他们什么时候出来的？"

"比你早大约九小时。"梁应物语气沉重，"从你之后，没有人再进入过甬道。"

我顿时呆住。

"是那个力量，它不准我们继续进行实验。"

按照原先的样子，一个个具有科学精神的方法——尝试过去，非常有可能找出甬道秘密的蛛丝马迹，可是那股力量以最野蛮的方式终结了这一切。最初的甬道只不过转两个弯就可以回到原点，快步走的话也就几分钟。可是何运开他们走了有三小时以上，而我又花了何运开三倍多的时间才走出来。如果有人胆敢再进入甬道，恐怕还没走出来，就横尸其中了。

怕是真要死在这儿了。第一次我闪过这样的念头。

我奋力把第三块饼干吞下去，脑袋里杂乱无章，甚至忘记了要留下一块半块备着。吃完的时候我抖了抖手，把饼干屑并在一起，吸进嘴里，然后拍了拍手。忽然我发现手背上有微微的绿光。我的头脑现在还不大灵光，刚才接过饼干的时候就看见这光了，那时还觉得应该是梁应物手表的荧光还亮着，现在才发现完全不是这么回事，这才抬起头向光源处望去，不由得吃了一惊。

是磷光。就在不远处，原先把白骨都清理干净的生活圈的中央，现在赫然有一堆发着碧绿磷光的白骨。都是一些大骨头，头骨、腿骨等，很明显是费了一番工夫，从洞里的白骨堆里发光的白骨中挑选出来的。

"你注意到了？"梁应物说。

"这，怎么会……"

"最后一把手电筒我不让用，可是他们已经受不了这样的黑暗了。"梁应物叹了口气。

我又呆了一会儿，然后领会到了梁应物没说出口的意思。甬道再也不能进去，连原本就希望渺茫的探索性实验都无法再进行下去，这些学生当然会绝望，心理已经发生了变化，以至于一方面忍受不了黑暗，另一方面由于和死亡越走越近，对代表死亡的白骨已经不那么害怕了，说不定有着变态的逆反式的亲近感。

我朝学生们看去，他们死气沉沉地坐在那里，一言不发。刘文颖蜷缩在梁应物的旁边，看来她虽然比我早了九小时出来，却还未从恐惧中恢复过来。从这个曾经开朗的美丽少女身上已经完全看不到几天前的影子。

"她一定要挨着我才能安静下来。"梁应物低声向我解释。

如果换了别的场合，我一定会大声地调侃，现在听了这句话却一点回话的兴致都没有。

"咔吱。"

"谁？""什么东西？"几个声音同时叫了起来。

就好像是咀嚼着什么的脆响。我打了个冷战，这让我想到了死人，咀嚼死人。

"靠！朱自力，你在干什么？"何运开一把抓住朱自力的领子，把他从地上拎了起来。

"我，我没……"朱自力努力地想要挣脱，却说不出一句完整的话。

"怎么了？"梁应物站了起来，朝那边走去。我也想站起来，双腿一用力，却一阵酸麻，又坐回地上。

坐在朱自力另一边的赵刚从地上捡起了一样东西，"他，偷吃。"赵刚愤怒地说。

意识到发生了什么事的其他人顿时喧哗了起来。

"先把他放下，何运开。"梁应物厉声说。

何运开重重地"哼"了一声，松了手。朱自力踉跄着退了几步，直退到生活圈外才一屁股坐倒在地上，手撑在几根白花花的骨头里，不停地咳嗽着，看来是被刚才吃的巧克力华夫饼干呛到了。

赵刚紧紧地抓着从地上捡起的大半块巧克力华夫饼干，狠狠地看着，拿得越来越高，越来越高。

何运开一把握住了赵刚的手："你想干什么？"另一只手顺手夺过了饼干。

"你！"赵刚怒火上冲，眼看就要翻脸。

梁应物大步走到两人跟前，大声说："给我。"

何运开没有反应。

"给我！"梁应物声色俱厉。

何运开犹豫了一下，终于把饼干给了梁应物。

梁应物走到咳嗽渐止的朱自力面前，问："剩下的呢？"

"没，没了。"

梁应物紧紧盯着只看得见一双泛着绿光眼睛的朱自力，说："或许该让何运开搜一搜。"

"不，不。"朱自力把手伸进裤裆里，又拿出一块密封包装着的巧克力华夫饼干，天知道他到底把这东西放在了什么地方。

"就这一块了，真的，我，我实在饿得受不了了。"

"要是再看到你偷藏，我劈了你。"何运开大声说。

话音刚落，就是一阵附和声，其中还夹着几个女生的诅咒。

"你去死，死了就不用再吃东西了。"路云的咒骂让我心中一寒。我担心，要是再发生这样的情况，何运开很可能会真的动武。

梁应物掂了掂手里的华夫饼干，又扔回给朱自力，然后走到那一小堆食品边，说："现在，我把所有的食物平均分配给大家，你们可以一次吃完，也可以留一点慢慢吃，但请记住，这是你们最后的食物，朱自力，你吃掉的那一小半，会从你那一份里扣除。"

我很庆幸没有被分到大包的薯片，不但不管饱，那样大的体积更让我生出不安全感。我分到了整整十块压缩饼干，梁应物分给自己的是一整包苏打饼干。我想他是特意优待了自己和我，对他而言，尽可能地保存自己和我，才能多争取脱困的可能，这是把资源优化分配，他一向都不是呆板的绝对公平主义者。许多人分到的是很好看的一大包或两大包膨化食品，包括努力把身子挨着梁应物的刘文颖。到底什么能使人活得更长一些，能分辨出来的人并不多。

自从我醒过来开始，就隐约察觉出些什么，但始终抓不到重点。直到刚才，想到梁应物有意识地给自己和我留下了最优厚的食物，以期能有更大的机会走出甬道时，我脑子里灵光一现。

"它是有意识的，梁应物，它是有意识的。"我叫了起来。

"有意识的，为什……"梁应物反问了一半，就想到了。

原先，我们一直以为，我们所陷入的是一个类似阵法的东西，不管这东西是天然的还是人工的，总之已经在这个人洞里存在了不知多长时间，无辜的我们完全是被自己的好奇心陷害了。

可是甬道里的神秘力量，很明显是由于我们的探索行为而改变了甬道的模式，让我们无法继续实验，这已经不能用什么阵法的自然反应来解释，这几乎肯定是一种有意识的、基于智慧思考的反应。

一股有意识的力量，也就是说，在这里存在着我们从未接触过的生命……

但是，为什么它要这样做？

我躺在地上，极度的疲乏感正在慢慢退去，但是身体依然较平时虚弱得多，耗掉的体力不是几块饼干就能补充回来的，睡一觉，到明天早上或许会稍稍好一些，但这并没有什么用处，更何况我现在满脑子都在思考还有什么办法可以脱困，哪里睡得着。

甬道已经不能进去了，可这是唯一通向外界的路，如果放弃，难道还能自己开山打一条路出来？如果这是在打对战游戏，已经可以看作被人瞄准，就等着一枪爆头 game over（游戏结束）了，可是发生在现实里，又落到了自己头上，怎样也要想办法垂死挣扎一下。

其实我已经想过，对付进了洞就走不出去这个问题，可以通过在人的腰上绑绳子，到时候前面的甬道走不完，就顺着绳子走回来。但那股力量明显不希望有人再进行这样的实验，难保不会悄悄把绳子弄断，到时候出什么事情就难说了。所以要不要把这个方法拿出来和梁应物讨论，我一时间还拿不定主意。但真要完全舍了这甬道另寻他途，实在是一点头绪也没有。

"哗"的一声响。我急忙支起身看，只见不远处那个闪着磷光的照明白骨堆已经塌了，何运开站在旁边，摔在白骨堆里的朱自力正努力爬起来。

"何运开抢东西了，何运开抢东西了！"朱自力大叫。

"谁知道你到底偷吃了多少东西，我看已经吃了两人份都不止，还要这么多吃的干什么？"何运开抓着朱自力旅行包的背带，使劲地拉着，脸上肌肉抽动，在绿光里狰狞得可怕。

朱自力虽然知道打不过何运开，但现在食物就是命，哪里肯放手，也顾不得再站起来，死命地搂着包不肯松手。

"松手，何运开！"梁应物大喝了一声。

何运开却没有像平时那样听从梁应物的话，而是反驳说："我平时一顿要吃四碗，这小子才吃一碗，我分到的食物和他的差不多，这不公平，他一定要分我一点才行。"

朱自力趁何运开分心和梁应物说话的当口，一翻身站了起来，右手还拉着自己的包，左手却顺手操起了一根大腿骨，一副要和何运开拼命的样子。

我和梁应物一直担心的事，终于发生了。

旁边的学生终于反应过来，和上一次相反，这次所有人都劝何运开不要动手。

何运开铁青着脸，却没有放弃先前的念头，右手用力一拉，朱自力踉跄着向前冲去，左手高举着那根白骨，眼看就要和何运开干架。

路云大声喊："何运开，你现在抢别人的，以后就有别人来抢你的。"

"谁敢？"何运开大吼一声。

几乎所有男人的火气都被这一声"谁敢"激了起来。

"我。"赵刚、王方圆、林质朴，甚至郭永华都大声和何运开对吼。

"不要太过分了，何运开，"朱自力握紧了手里的白骨，"否则，这里没有人会希望身边待着一个随时会抢食物的人。"

何运开看着站在朱自力身后的几个人影，重重地"哼"了一声，松开了朱自力的背包，转身走开。

我和梁应物对望了一眼，彼此都有些忧心忡忡。我看着朱自力手里的那根白骨，一百多年前这里曾经发生过的事，刚刚开始的时候，是不是也是这样……再高等的教育，再昌明的社会，人骨子里的丑恶还是一样抹不去。或许，那并不能叫丑恶，只是动物的生存本能吧。

朱自力把白骨扔掉，郑重地把背包背在身上，恐怕他再也不会把背包从背上解下来了。远远地，我看到朱自力正在端详自己的手，刚才他拼命地握着骨头，手上也沾了磷光，发出淡淡的绿色光芒。只是就这么点沾在手上的磷光，为什么他看了又看，把自己的左手手掌凑到了眼前？

正当我对朱自力在现在的处境下还能保持这样旺盛的好奇心感到奇怪的时候，朱自力忽然发出一声惊叫，弯腰寻找了一阵，重新把他刚才扔掉的那根白骨捡了起来。

我心里一震，难道说，他和梁应物一样，也发现了当年人吃人惨剧的蛛丝马迹？

"有字，骨头上有字。"朱自力一声喊，让所有人都大大吃了一惊，并且迅速地向他聚拢过去。

那根粗大的腿骨上刻着几十个字，每个字约有小指甲盖的一半大小，如果不是刚才朱自力因为自己的手发光，而下意识地看了一眼，发现印在手掌上的字的痕迹，恐怕我们到死也不会知道这刻在白骨上的秘密。

"第十八天了，还有六十七个，疯了的鲍三和招娣终于被吃掉了，阿勇和鲍月还是在一起。好吧，如果你们可以一直这样的话，我就放你们出去。"

这就是刻在这根腿骨上的文字。

这真是太重要的线索了。我和梁应物很快就厘清了几条基本的思路。

首先，可以肯定，一百多年前在这里发生过一桩惨案，这桩惨案中出现了大量人吃人的事件。这虽然是我和梁应物之前想尽力隐瞒的，但到了现在，已经瞒不下去了。

身处这桩惨案里的人，十有八九遭遇了和我们相同的情况，他们为了活下去，选择了吃人。

最重要的是，这桩惨案有一个旁观者，就是在白骨上刻下这些字的人，而这个人有着让人走出去的能力，很可能此人就是制造惨案的元凶，掌握着甬道的秘密。

而一百多年前的事件里，好像还有两个中心人物，就是那两个叫阿勇和鲍月的人。

目前只能推断到这里，因为这些字透露出来的信息还是太少，但当年的那个"旁观者"可能不止刻了这一根骨头，最具可能的情况是，旁观者把人骨当成了日记簿，记下了整个事件每一天的进程。而这人骨自然就是"鲍三"和"招娣"等被吃掉者的残骸。

现在当务之急，就是从这满洞的白骨中，找到其他写字的骨头，把当年的事件完整地挖掘出来，或许脱困出洞的钥匙就在其中。

所有人立刻行动起来，先从那堆照明用的白骨中找出能提供足够照明磷光的骨头，然后开始对整个白骨洞进行地毯式的搜索。

我拿的也是一根大腿骨，冰凉冰凉的，还有点不知是什么的残渣附着在上面。堆成山的白骨，需要检查的骨头数以万计，不知要多久才能查完。而这种检查需要非常仔细地观察，要来回用手翻弄白骨，我倒是还好，那些女孩恐怕够呛。不过生死攸关，硬着头皮也只能上了，像费情，是一边青着脸干呕着，一边把一根根骨头拿到眼前细看的。

好在很快就找出了一个能让我们速度加快的法子——只有大骨头上才可能刻下文字，最多的是大腿骨、头骨和胯骨，像肋骨等小一些的骨头，可以直接略去。

在搜索的过程中，我心里不断闪过一些疑问，比如说，那个"旁观者"是如何做到旁观的，当年的情况一定非常混乱，就算是最强壮的人，都没办法保证自己在下一刻的安全，怎么可能还有人能安安心心地在骨头上刻下这么多的字，却不被别人发现？这种绝对能生存下去的技巧，究竟是什么？

整整一个晚上的搜索，直到早上六点多的时候，全部刻有文字的人骨，终于从数万根的骨头中找了出来，分别是七十三颗头颅、五十七根大腿骨、三十二块胯骨、十一根小腿骨和臂骨，等到我们又花了一个多小时进行整理排序，这些骨头上记载的整件事情的起因和整桩惨案历时六十二天中每一天的情形，就都很清楚了。

始作俑者的凶狠、残酷、变态及其神秘莫测的能力，使关在洞里的人们在六十二天里血淋淋地互相残杀，原先的朋友、兄弟甚至父母子女，都在这六十二天里发生了或无奈吃了对方的肉以求多活一天，或亲手杀掉对方的事。眼前的森森白骨，仿佛将我们引到了一百多年前的那六十二天里，使我们在读这一切的时候，整个人都陷入梦魇般的恍惚中。

刻下这些字的是一个女人，叫萧秀云，她是以一种半回溯半日记的方式讲述这一切的。在事件刚开始的几天里，她在描述当时情景的同时，断断续续地透露了自己的身份和与阿勇之间的纠葛。再加上我的想象力和梁应物的推理，这一百多年前发生在神农架的神秘食人事件，慢慢露出了原貌。

确切的时间还是无法确定，毕竟不像我写的手记，萧秀云没有必要在回忆自己故事的时候郑重其事地说出某某年号几年几月几日。事实上在神农架这样的偏远之地，几千年来，人们的生活就没有发生过太大的变化，即便现在也是如此，中原的年号称呼甚至政局动荡、改朝换代，对这里都影响甚微。重山阻隔，中原的年号在这里闻所未闻也说不定。

萧秀云是一个天才，她的天才表现在对一种古老而神秘力量的传承上。这种力量甚至比蛊术、巫术、降头术等更鲜为人知，如果不是在这里看到了这一门传人的自叙，我还从未曾想到，幻术竟然真的存在。

我只能从各种传说和萧秀云回忆中的只言片语对幻术推测个大概。这是一种对人的精神发生作用的秘术，同西方的催眠术相比，幻术要更深奥得多。从萧秀云的回忆看，她在四岁刚入门时所进行的训练，就连现今世界上最顶尖的催眠大师都要甘拜下风。而到了十二岁的时候，萧秀云已经成长为一个相当优秀的幻术师，她甚至可以发挥出一些真正的"力量"，和巫术降头相似，在影响人的精神之外，幻术师也有着运用这个世界上未知力量的独特法门。

　　阿勇的名字应该是鲍勇，他在很小的时候就遇见了萧秀云。当时在鲍家山边有一个鲍家村，在鲍勇成长为村子里最优秀的猎手之前，他一直是村子里最顽劣的孩子。和其他的小孩不同，他时常一个人跑到村子附近的山里，就在那里，他遇见了正在随着师父修行幻术的萧秀云。鲍勇一下子就被这个小女孩吸引了，从萧秀云那里，鲍勇可以看见最漂亮最不可思议的景象。于是每天到山里看萧秀云修行，就成了两个孩子的秘密约定，鲍家村的长辈们对此完全不知情，而萧秀云的师父对此也不以为意。

　　就这样青梅竹马了五六年，到萧秀云十二岁的时候，她已经具有一名优秀幻术师的能力，所以，她要开始最后的修行。

　　从白骨上无法看出这最后的修行到底是什么，但是，萧秀云不可以继续在深山里修炼，她必须要"出去"，或许，由于幻术和人心有着密不可分的联系，所以必须要"入世"去和人接触，才能完成最后的修炼。

　　总之，萧秀云和鲍勇必须要分开，这一年，萧秀云十二岁，鲍勇十三岁。两个人在村里人认为最神圣的地方，每年一次的祭祀之所在——祖洞里约定，当萧秀云再次回来时，就要做鲍勇的妻子。而祖洞就是我们现在身处的地方，就是"人洞"。

　　八年之后，萧秀云回到鲍家村，而鲍勇却告诉她，那年秋天，他将和鲍月成婚。

　　萧秀云把自己听到这一消息时的感觉刻在了白骨上，"我在外面的世

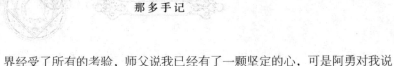

界经受了所有的考验，师父说我已经有了一颗坚定的心，可是阿勇对我说'对不起'的时候，我几乎完全崩溃了"。

在那八年中鲍勇的转变，我想我完全可以想象得到。当年纪越来越大，童年时从萧秀云那里看见的不可思议的景象，回忆起那时的感受，就会从好奇变成怀疑，从怀疑变成恐惧。所以对萧秀云的感情也就逐渐蜕化变质了。事实上，当萧秀云回到鲍家村的时候，整个村子都对她充满了敌意和排斥。

一个多年接受极端精神训练的人，受到这种刺激的后果是极为危险的。萧秀云坚持认为是由于村里人的压力，才使鲍勇不敢和她结合，她想出了一个绝对变态残酷的方法，以全村人的性命来验证阿勇和鲍月的感情是否真实。如果彼此感情至死不渝，那么萧秀云就死心让这两人在一起生活下去；如果不是，那么这负心人就没有继续生存的必要。而全村其余几百人，只是这场试验的道具而已。

8月21日，每年的这一天，全村的人都要到祖洞去祭拜。不会走路的孩子和走不动路的老翁由年轻人背着去，没有人可以例外，以示对祖先和守护全族的山神的虔诚。这一年，当全村四百八十九个人进洞之后，就再没有一个人走出来。

萧秀云在整个祖洞中布下了"困龙阵"。这种秘法借助道具，再配合恰当的环境，可以制造出幻术师个人无法达到的巨大力量。阵法一经发动，不仅对人的心志有绝对的影响力，而且不需要幻术师太过费心，可以自行维持基本的运作，如果再有幻术高手操纵，就是此道高手要脱困也极为艰难，普通人更是无法活着离开。而祖洞里的那三段长长的甬道，正是布置"困龙阵"的绝佳所在。

和鲍家村里的其他人一起，萧秀云也进入了祖洞，当然，没有人可以发现她，对于像萧秀云这样的幻术师而言，让别人视她如无物是相当容易的。她要亲眼看着，看着当人们因为没有食物而自相残杀时的景象，最重要的是，她要看一看，到了最后关头，为了填饱肚子，鲍勇会不会亲手杀了就要变成他新娘的鲍月。她要用生和死来考验这段感情。

这场最残酷的悲剧，就如萧秀云的算计，一点点拉开帷幕。带入洞内的供品很快就吃完了，在第六天的时候，两个饿死的孩子被吃掉了，随后整个洞里就陷入阴沉的气氛中。第七天，第一场大规模的残杀就出现了，那一天死了二百八十个人，只有一小半人活了下来。从那天之后，彼此间的残杀就不仅仅是为了果腹，更多的时候是为了保证自身的安全，先一步把对方击杀。许多人甚至不敢睡觉，生怕眼一合上，自己的脖子就被人割断。

萧秀云就隐藏在一旁，冷眼看着这血腥地狱，她叙述的笔调平静得可怕，就像一个完全没有情感的机器人，飞溅的鲜血和生食人肉的白森森的牙齿对她来说如同一日三餐般正常。

鲍勇和鲍月一直活到了最后，这不仅是因为鲍勇这个最好的猎人勇力冠于全村，更因为在萧秀云的幻术影响下，使得鲍勇、鲍月两个人得以在激烈的凶杀中生存下来。所有的一切都是为他们准备的，萧秀云怎么可能让他们先一步死去？

我们翻看着一块块白骨，越到后来，活着的人越少，到了第四十天的时候，连萧秀云都提到，洞里的味道不大妙，腐烂的尸体越来越多，吃也吃不完。有时候，从前杀死的人因为来不及吃而烂掉，活着的人只好再杀一通。而一旦杀起来，疯狂中哪里还能有心算好只杀刚刚够吃的人数，等厮杀结束，必然又会留下吃不完的尸体，加入到腐烂的行列。

那股腐烂的气息，就是现在也可以隐隐约约闻到，而白骨上的文字看到后来，原先只是若有若无的味道，在心理作用下竟越来越浓，连我都阵阵泛呕，而一半多的人已经当场呕了起来。不过，大多都是干呕。幸好现在还没有到最后关头，否则在生死之际，要想不杀人，只怕要把呕出来的东西重新吃回肚中。这并非是我在这里恶心人，沙漠中断水的人，就连自己的尿都要喝回去，以保持身体中的水分，而呕吐出来的脏物，重新吃下去的话，也还有很多养分可以被身体吸收。

我们翻看得越来越快，所有人都有着同一个念头，就是希望知道鲍勇和鲍月最后到底怎么样了。

在第四十八天的日记里，我看到了这样一段话："今天，我使他们相信，只要能在洞里撑九九八十一天，就可以走出去。"

想必萧秀云一定是利用幻术，传递给此时的幸存者这条信息的。到了现在，我丝毫不怀疑萧秀云有这个假扮鬼神的能力，我心惊的是她对人性负面情绪拿捏把握得竟然这样精准，想必是那些年的入世修炼造就的。这样的信息一传出，对于原先相互扶持存活下来的人而言，无疑是更严峻的人性考验。

没有生的希望倒也算了，亲手杀死所爱的人也不过多活几天，没什么区别，抱着这样的想法，恐怕大多数人都会有"宁可一起饿死，也不向心爱的人动手"的觉悟。可是，如果有了一线希望，会怎么样？

会怎么样？

会怎么样？

会怎么样……

"第六十二天了，阿月在睡觉的时候，被阿勇勒死了。果然他们不是真心相爱。现在阿月的这颗头，脸上的表情，还真是好笑啊。我该走了。再见，阿勇。"这段话刻在一个骷髅头的天灵盖上，不用说，这就是一百多年前鲍勇的爱人鲍月的头。相比之前的刻字，这些字刻得很浅，因为萧秀云在往这颗脑袋上刻字时，她的主人才刚死不久，所以是直接在头皮上刻下去的。

现在这个骷髅头，双眼的地方空空洞洞闪着磷光，但是当年，在死前的一刻，不知有多么震惊和不甘，她一定想不到，自己的未婚夫竟然亲手勒死了她，为了熬到第八十一天，还要吃她的肉，喝她的血。

百年前的记录，就到此为止了，萧秀云就此离开祖洞，任由她曾经心爱的男人鲍勇留在这个"困龙阵"里，虽然没有了她的主持，但是从她最后的口气来看，鲍勇还是没有能力活着离开。

　　阅读完整段日记，花了两三个小时的时间，起先由梁应物读出来，可是他越读声音越小，每吐一个字都要花好大的力气，这些白骨中所记载的东西，实在超出了我们承受的极限。所以后来只好由人自己看，而几个女生更是连看都不敢看，蜷缩在一旁。所有白骨被翻看完后，洞里一片寂静，没有人可以在看了这些后很快回过神来。

第八章

传承了百年的怨念

Chapter 8

还没等我完全从百年前的故事里摆脱出来，两声尖锐的惊叫声却让所有人吓得跳了起来。

"是路云的声音。"郭永华说。

"还有袁秋泓。"刘文颖说。

声音是从甬道的方向传过来的。等我们赶到甬道口，梁应物打开备用手电往里照时，却一个人都看不见。

路云和袁秋泓就这样失踪了。

刚才在看白骨日记时，路云和袁秋泓是最先看不下去的两个，早早就躲到一边去了。其他人的心神完全被白骨日记所吸引，也就一时没有注意其他人。却没有想到，无声无息地，这两个人就被不知什么东西给掳进了甬道，除了那两声惊叫，竟然连一点先兆都没有出现。

难道说，由于我们发现了白骨上的秘密，隐藏在甬道里的东西就迫不及待地开始发动了吗？

我一咬牙，拔腿就要追进去，却被梁应物一把抓住。

"别冲动，那多。先理一理头绪，再商量办法。"

我一下子冷静了下来，没有坚持现在就冲进去救那两个人。因为我明白，现在这种情况，可不是好莱坞大片或者惊悚小说，女主角出了事，男主角单枪匹马闯过去在最后关头成功救人。以现在的情况，要是我刚才就这样冒冒失失地再次冲进甬道里，纵有三头六臂大概也自身难保，更别提救人。而现在一切刚刚有了点头绪，百年前的惨案为我们今天的处境提供了一个很好的案例，事实上，甬道内的"东西"也正是因为如此才这样急着发动。所以索性大家一起把关节处想清楚，再找法子救人不迟。老实说，如果路云和袁秋泓被掳入甬道立时就会有危险，那么就算我冲进去也救不了她们。

经此大变，梁应物让所有人都在生活圈里围成一个圆圈，每个人都紧挨着，可以守望相助。

我看到郭永华不时地望向甬道，知道他担心路云，他暗恋路云我早已经发现，现在也想不出什么话安慰他，只好轻轻拍了拍他的肩膀。这时我心里却闪过一个念头，郭永华喜欢路云，却还没到忘记生死的程度，刚才第一反应要冲进洞的是我，而不是他。想到这里，眼前仿佛又看见了鲍月那两个空洞洞的眼窝。

我微微甩了甩头，不再去想这些，全神思索百年前的血案和现今的关联。

和梁应物交换了意见后，一些最基本的推论已经很清楚了。

现在，我们的处境几乎就是一百多年前鲍家村祖洞血案的翻版。已经可以确认无误，我们被困在"困龙阵"中了。

如果说，当年萧秀云在离开时，为了继续困死鲍勇，没有把"困龙阵"的禁制撤去，而这座大阵一经摆成，又没有时间限制，将会一直发挥作用的话，那么我们就太倒霉了。因为自己的好奇心，主动走进了"困龙阵"，再也无法活着出去。但是经过多方推敲，我们一致认为，事实并非如此。

如果我们是无意闯入的，那么怎样来解释，"困龙阵"会突然自己起了变化，让人走过甬道的时间越来越长，以至于没有人再敢迈入甬道一步？而刚才袁秋泓和路云的失踪，难道也是"困龙阵"自发的反应？从萧秀云的日记中看，"困龙阵"分明只能自己进行最基本的运作，如果没有高人主持，是不可能出现各种高级变化的。就好比电虽然一直存在，但在自然界里只能通过闪电、静电表现出来，玩不出人类那么多花样。

总不能说，这一百多年下来，"困龙阵"自己修成了精，有了思考能力，或者当年死的四百多个人阴魂不散，成了恶灵害人？

而再联想到之前在三里屯村，分明没有可能常到人洞这种地方玩耍的阿宝说出来的莫名其妙的话，以至于我们所有人都对人洞产生了兴趣，这才有了后来到人洞探险，如今被困的事件发生。现在回忆起来，那个叫阿宝的小孩子所说的话，简直是太可疑了。

"这一切都说明，我们并不是无意中被卷进来的，这是一场蓄意而为的阴谋，主持这个阴谋的人，一定有着类似当年萧秀云的能力，甚至就是那一脉幻术的传人。对于这样的人来说，控制一个幼童说出违心的话，再不知不觉诱我们入彀①，简直易如反掌，就是一个催眠大师也能做到这一点。"梁应物的话得到了大家的认同。因为除此之外，没有别的解释。

"而且，这个人应该一直就在我们的周围，而最有可能的就是，他（她）就在我们中间。"尽管许多人都隐隐约约想到了这一点，我说出这句话的时候，还是引起了一阵骚动，学生们彼此紧张地打量着，仔细辨认着身边所熟识的同学或者老师，甚至我这个记者是否心存歹意。只是在黑暗中，借着绿幽幽的磷光，每个人看起来都是那么诡异难测。

一百多年前鲍家村血案的起因是情，因情生恨，这才酿成惨剧。那现在呢，现在的原因是什么，搞清楚这一点将是找出元凶的关键。

一百多年前是为了情，如果完全沿用这个案例，那么今天的事件，是否也是因情而起？

因情而起的话，那么眼前的这些人，究竟谁比较有可能一点？

用不着我和梁应物发动大家相互揭发，猜疑声已经四起。人最相信的本就只有自己，在知晓了元凶可能就是身边人的时候，本能地看所有人都不顺眼起来，从前零星听说的小道消息，一下子全都抖搂出来了。

现在的大学生，没在学校里谈恋爱的已经是极少数，卞小鸥和费情自

---

① 彀：gòu，牢笼，圈套。

不必说，其他人也都有着自己的男友或女友，而关于各自的绯闻，平时也有着诸多版本，比如原本是从谁那里抢来的男友，或者自己的女友从前曾经甩过多少帅哥，诸如这样的信息，现在都成了可能成为凶手的佐证。然而头痛的是，几乎每一个人都有这样的传闻，但却并没有出现有三角恋情关系的当事人都正好在这个考察团里的情况。

"刘文颖。"梁应物忽然开口问道，"你，有没有曾经追过你的，在这里？"

我心里一震，刘文颖似乎是喜欢梁应物的，而以她的条件，恐怕平日里追求者众多，难不成……

"啊。"刘文颖怔了一怔，立时就明白了梁应物问这句话的含义。她想了想，又向旁边看了看，说："朱自力，还有何运开，都追过我。"

"不是我，真的不是我。"朱自力立刻就叫起屈来。

"我哪有追过你？自作多情，妈的，别臭美了。"何运开见有人指到他头上来，立刻就骂了起来。

"怎么没有？上个学期有段时间，我每次上体育课，你都会给我买饮料，还有几次拿自己的毛巾给我擦汗，哼，那毛巾上都是你没洗干净的汗酸味，恶心死了。"刘文颖立刻尖声反驳。

"那时我瞎了眼，现在我对你一点兴趣都没有了。"

刘文颖气得又要骂回去，梁应物却一摆手："别说了，不会是何运开。"

何运开这副样子，怎么看都不会是有能力学会幻术的人才。

我看着眼前互相指责、猜疑，进而互揭老底的学生们，心里暗暗着急。现在的气氛已经充满了火药味，当不信任感达到极点，平时对彼此积压的不满就会一下子爆发，到时候只要有一个人先动手，所引发的连锁反应足以造成类似一百多年前的严重后果。

我看了看梁应物，他也一脸愁容，想不出法子。

忽然间，我想到一点，万一到时候大家动起手来，一片混战，那是玉石俱焚的局面，如果元凶就在我们中间的话，他有什么办法确保自己不在这样的混战中遭殃呢?

我低声地把这个疑问告诉梁应物,他也想不通这个关节。

"真的,要是那个人就在我们中间的话,照现在的样子发展下去,我已经没办法控制,到时候一动手,谁也难保自己的安全,难道说他的幻术可以让他在混战中独善其身?还是,其实那个人并不在我们中间。"梁应物说到"并不在我们中间"这七个字时,忽然间全身一震,抬眼望向甬道。

一瞬间我明白了梁应物的想法,背上立时起了一阵寒。

其实,还有两个人不在我们中间,可以确保在混战时不被卷入,那就是路云和袁秋泓。而刚才的种种猜测,也没有人把矛头指向这两个被甬道吞噬,并不在场的人。

我们把她们漏了。

"咝。"

我听到梁应物抽了一口冷气。

"怎么了?你想到什么了?"我沉声问梁应物。

他静静地向甬道口方向看了片刻,才回答我说:"我想,我已经知道是谁了。"

"是谁?"我想都没想,立刻反问回去。

梁应物摇了摇头,没有回答我,不知在想什么。

我这时大脑全力开动,心念急转。袁秋泓和路云,会是谁呢?

袁秋泓是上海人,出身富贵人家,一举一动都有着洗脱不了的贵气。这样的人会是神秘幻术一脉的传人,着实叫人难以想象。而路云,平时内向少语,她是,她是,天,她就是湖北人,在三里屯村的时候,还因为会说本地话而当过双方的翻译。难不成就是她?

正当我想再一次开口问梁应物的时候,他忽然开口大喊起来,听清楚他喊的话后,真是让我目瞪口呆。

梁应物大喊的竟是:"路云,路云,我喜欢你,你出来吧。"

一时间,所有的学生都停止争吵,齐齐地望向他们的梁老师。

梁应物继续大喊："我对刘文颖一点意思都没有，我是喜欢你的，你出来吧。"

看来，正如我所猜测的，梁应物也怀疑，路云就是"那个人"。而这两个人之间，必然有着我们所不知道的情怨纠葛，梁应物这家伙，竟然搞出师生恋，之前还一点风声都不漏。要不然，哪用到现在才猜出是谁来。

只是梁应物现在这样一表白，会有什么样的结果？以我对梁应物的了解，他可不是会说出这样肉麻话的人，一定别有用意。

一百多年前，鲍勇是因为不喜欢萧秀云，而喜欢同村的鲍月，这才引发了萧秀云的"生死考验"。那么现在梁应物却坦承喜欢路云，是不是可以破这个局？

没喊几声，一个黑影从甬道里缓缓走了出来。

"路云！"惊叫声此起彼伏。

"袁秋泓在哪里？"我大声问。

路云在离我们不远处站定，手往旁边一指："那不是吗？"

梁应物忙从怀里摸出手电筒照去，袁秋泓赫然就躺在离生活圈不远的白骨中。我来不及赞叹幻术的神奇，连忙赶过去查看，好像只是晕过去了，顿时舒了口气。

至此每个人都已经明白，让他们陷入如此绝境的，就是这个平时看起来内向而文静，与人无害的路云。

何运开一声怒吼冲了过去，路云轻轻"哼"了一声，何运开冲过去的身躯竟然在离路云足有三尺远的地方擦过。何运开继续着他的怒吼，双眼向前怒视，就像路云在他的前面一样，直直地冲到洞壁还不止步，就这样握着拳头一头撞在石壁上，晃了两下倒了下去，看来是撞晕了。

本想跟着何运开冲上去的众人立刻停止了脚步，在这样的幻术下，恐怕再多的人也只能落得和何运开一样的下场。

梁应物缓步朝路云走去，说："我以前一直没有对你说，因为我们的身份不合适，可是我心里一直喜欢你，上次拒绝你，其实我也很难受。"

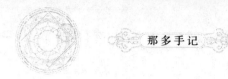
路云痴痴地问：“真的吗？”

梁应物走到她跟前，望着她的眼睛，说："真的。"接着便微微弯下身子，去亲吻她的双唇。

所有人看着梁应物就这样吻了上去，不知该说什么。

我紧紧盯着梁应物，黑暗中，隐约看见他和路云热吻着，抱着路云身子的右手却慢慢举了起来，忽地立掌成刀，狠狠劈在路云的颈动脉上。路云的嘴巴被梁应物封着，哼都没哼一声，就软软地倒在地上。

果然，我猜得一点都不差。梁应物这个家伙……

“那多，探路，快。”梁应物对我说，同时把备用手电筒递给我。

我接过手电筒，二话不说，径直就进入了甬道。

元凶已经晕了过去，这“困龙阵”是否会就此破解？

一个弯，两个弯，出来了。

只十分钟不到，我就回到了白骨洞。

看来萧秀云的记载没有错，这“困龙阵”就算没有人主持，也能发挥最基本的运转。所以现在路云昏过去以后，甬道不会再把人困住很长时间，但两个弯转过，还是和从前一样，又回到白骨洞。

不用我多说，这么快回来，本身就说明了问题。而这个时候，路云已经被绳子捆得像粽子一样，倒在地上，还犹自未醒，看来梁应物那一记真够狠的。

梁应物告诉我们，去年年初的时候，路云曾经偷偷找过他一次，向他表达了爱慕之意，但是被他以师生恋不合适为由直接拒绝了。路云是个极为内向的女孩，能鼓起勇气表白一次已是不易，遭到拒绝之后，就再也没有提起。而刘文颖也对梁应物十分倾慕，虽然梁应物也是一样的不假辞色，但刘文颖天性外向，被拒绝几次也不以为意，始终黏在梁应物身边。而梁应物经我提醒，忽然想到，要是路云一直没有放弃对自己的情意，却又误把刘文颖始终缠着自己的行为看作自己对刘文颖的认可，从而认为自己原先所谓的“师生恋”纯粹是一种欺骗性的借口，那么不就基本符合了一百多年前萧秀云的动机吗？再一想路云的背景和这些天的举动，立刻就有了九分把握，这才厚着脸皮大施"美男计"，把路云引了出来，并且以这样的方式放倒这个神秘的幻术高手。

尽管还是一样走不出去，困在一大堆白骨里，可是元凶已经找到，再不像之前全无头绪，只能等死，大家一下子放心许多。

"喂，我说，刚才其实你走到路云面前，把脑袋凑过去的时候，就可以下手了吧，非要等到吻得热火朝天爽过以后才动手，嘿嘿……"

"说什么呢，那多，你没看到何运开的样子吗？我怎么知道她确实在那里？总要进一步确认一下吧。"梁应物大声辩解。不过许多人已经笑出声来，这大概是这些天他们第一次笑吧。

"那倒是，味蕾感觉这么丰富，要模仿起来，也不那么容易。"

"还有啊，能让梁老师一亲芳泽，路云哪里肯弄个虚凤假凰，当然要自己上了。"身为情敌的刘文颖这时候竟然也插上一脚，只是听起来有些酸溜溜的。

"好了好了，我们还没有出去，有力气取笑我的话，还不如想想怎么让路云心甘情愿地放我们出去。"梁应物岔开话题，不过这的确是个足以让所有人再次严肃起来的大问题。

"想出去，过一百天再说。"

我大吃一惊，路云竟然已经醒了。刚才梁应物那一掌的力道，一般的男子也要晕个几小时，看来路云肉体的坚忍，可完全不像她表面看起来的那样啊。

何运开还没醒过来，否则听到这句话，又要冲上去揍人了。

"你，你到底是怎么了，路云？"郭永华讷讷地说。

路云"哼"了一声，声音尖厉得吓人。借着磷光，我看见她的面容很奇怪，说不出的乖张诡异，不知哪里不对劲。虽然五官和从前一样没错，但就是让人觉得，她和从前的路云有着很大的不同。老实说，这两天来我一直隐隐约约有这样的感觉，之前只以为，是由于被困白骨洞而让每个人都极度紧张，自然和平时有所不同，但是现在这种不同成百倍地突显出来，却让我心里一动。

"你，你到底是谁？"我下意识地问了一句让我自己都莫名其妙的话。

然而这句简单到愚蠢的问话，却并没有得到回答。路云这时就在那一堆发着磷光的白骨旁，是整个洞里最亮的地方，所以，连她脸上的表情，站得近一点的人都可以看见。而路云听了我的问话，竟然把眉头皱了起来，似乎在极力想着什么。

"我是，我是……"

她缓缓地转头，看着这洞里的一切，五官都开始扭曲，仿佛头痛欲裂的样子。

"我是……萧……秀……云！"

所有人都倒抽一口冷气。

萧秀云，白骨日记的记录者，一百多年前的幻术天才，祖洞吃人血案的始作俑者，这怎么可能？

"不可能，你是路云，你今年二十一岁，即便你是幻术一脉的本代传人，也不可能是一百多年前的那个萧秀云。"梁应物说。

路云的眼睛眯了起来，直勾勾地盯着梁应物："你，你这个负心汉，就和阿勇一样。"

朱自力冲到路云跟前大喊："别在这里装神弄鬼，快放我们出去，否则，你自己也一样饿死。"

路云瞥了朱自力一眼，神色间竟是说不尽的傲慢和不屑，接下来的一幕让我们所有人都目瞪口呆，不知所措。

"你不会真的蠢到以为你们已经把我抓住了吧？"路云冷笑着，站了起来，原先层层绑在她身上，不知绕了多少圈的登山绳，就像只是轻轻放在她身上一般，随着她的站起，自然而然地落在地上。

我和梁应物不约而同地向后退了一步，朱自力更是吓得倒退六七步。

不过路云只是站在那里，并没有进一步的动作。对她来说，大概我们这些人都无法构成什么威胁，随时可以解决，只要她不再犯刚刚那样的错误，让梁应物有下手的机会。

"虽然你们发现了我，但是，实验依然会进行下去，到时候，第一个动手的会是谁呢？"路云的眼睛扫了一圈，掠过犹自晕倒的何运开，最后停在梁应物的身上，"原先，还以为一定会是这个无脑的肌肉男，不过现在看来，说不定最早下决心的，倒是你呢，梁老师。"

梁应物沉默。

"他不会做这样的事的。"我替梁应物回答。

"是吗，记者先生，你们的关系很好啊，多半你们会留到最后，有他在，你会很放心吧，所以，说不定就在睡梦里，被他就这样一刀划过喉咙，鲜血可以射到三尺远的地方呢，就像鲍月那样。"

路云诡异的语调，让我一下子泛起了鸡皮疙瘩。

路云的眼神在我的脖子上转了两圈，又回到梁应物的脸上。

"不过，因为你的关系，我就多告诉你们一些东西，再进行我的实验吧。嗯，年轻身体的感觉，真是不错。是的，这副身体，当然是那个叫路云的女孩的，说起来，她该是我第四代弟子。而这里……"路云竖起右手的食指指着自己的头，"现在该有一大半，是萧秀云。"

"很奇怪吧，这是一个秘密，就连我的徒弟、徒孙，再到路云的师父和这个路云，都不知道的秘密。当年，我在收徒弟的时候，就在她的脑子里留了一点东西，如果她可以找到她心爱的那个人，就这样生活下去，那么，她一辈子都不会知道我留了什么给她，而我留下的东西，会在她五十岁的时候，自动传给她的徒儿。"

"是在一定条件下发作的深度催眠吗？"梁应物问。

"催眠？哼，那种低级的玩意儿，我可是让自己灵魂的一部分，一代一代地流传下去啊。纵然时光再久远，也不会消失，直到再次复苏。从路云被你拒绝，又发现你和这个刘文颖打得火热的时候，我就开始复苏了，所以才有了这次的神农架之行。"

梁应物大吃一惊："原来这一次来神农架，完全是受你的影响……"

我心中也是一怔，原来梁应物和所有这次来的学生，早已在不知不觉中被路云所影响。这种悄无声息操控人心的能力，实在是太可怕了。

路云接下去说："是的，当年这场失败的实验，就由你们今天来继续下去吧，这一次的陪葬品少了很多，可能用不了太长的时间。"

"等一等。"我连忙说。

"怎么？"

我的脑子里急速地转着各种各样的念头。我知道就这样结束的话，那么路云一旦再次消失在甬道里，将再没有人可以让她出现，这样我们就真的完了，可是，接下去要怎么做，才能让这个一百多年前的老妖怪放了我们？

"拖延时间吗？你的那点伎俩还是不要拿出来耍的好，再见了。"

"等一等。"这次是梁应物喊了出来。

"等一等，你的实验已经结束了。"

"什么？"路云有些诧异。

梁应物忽然放声大笑起来，直笑得弯下腰去，仿佛看见了世界上最好笑的事情。

路云的脸色越来越难看："够了，你笑什么？"

"从头到尾都是你这个小丫头在一厢情愿，做什么实验，当年的萧秀云或许有资格，但是现在的你，不管你说你是萧秀云也好还是路云也好，根本没有做实验的资格！"梁应物一边笑一边说。

"胡说，作为一个被你伤害的女人，我当然有资格。"路云厉声说，声音尖得几乎要把人的耳膜刺破。

周围的学生一个个面露惶恐，生怕梁应物触怒了路云，让他们死得更快。我却知道梁应物在兵行险招，我太了解他了，别看他表面这样张狂，其实心里和我一样捏着一把汗。

"喊，什么伤害不伤害的，我从来都没有搭理过你，从头到尾都是你自己在那里单相思，刚才我那样说，你现在也知道了，是为了把你骗出来迫不得已恶心自己说的。既然我和你从来就没有开始过，你说你有什么资格做这个实验？

"就好比你看到树上有一只很漂亮的鸟，就叫这只鸟陪你玩，可是这只鸟根本就不理你，你就一枪把那只鸟打死，哦不，对你来说，是用幻术把那只鸟弄死。你说你是不是既无聊又变态？"

"你……"路云咬牙切齿，脸色发白。

"你什么你，你这个变态的老妖怪，若是你坚持要做这个狗屁实验，就说明你根本不懂爱情。而一个根本不懂爱情的人，却又要做关于爱情的实验，简直就跟一头牛想要弹琴一样。"

自打我认识梁应物以来，就没见他这么刻薄过，路云的身体都已经在发抖了。

但梁应物还没有完，他指着刘文颖继续说："你觉得我和她正在谈恋爱吗？那只能说明你的眼光实在是太差了。当初她向我表白的时候，我对她说的话和对你说的话一模一样，我从来没有接受过她，也不打算接受她。路云和刘文颖，对我来说是一样的，我对她们都没有什么兴趣。你说你要实验，那么到底打算实验谁？你根本就没有实验的对象。倒是刘文颖，尽管我拒绝了她，但她一直没有放弃，一直试图打动我，虽然到今天为止她还没有成功，但是说到爱情，她远比你这个一被拒绝就当缩头乌龟的人来得有资格。"

"真的？原来你和刘文颖没有在……"路云颤声说。

"当然没有。你什么时候看见我和她有过亲密接触了？不要因为自己孤僻，就把别人热情一点的举动当作是爱情的表现。唉，你还真是个什么都不懂的小孩子。"

看着路云的表情，我隐约觉得接下去有戏。梁应物一下刺激一下安抚，着实厉害，不知他还能说出什么刻薄尖酸的话来。

路云浑身都在发抖，情绪极度不稳定。

梁应物接下来的动作，却让我吓了一大跳。他竟伸出右手，一把搂住我。

"如果我告诉你，我对什么女人都不感兴趣，喜欢的只有男人，你会怎么想？"

路云"啊"地大叫一声。

我也一身的鸡皮疙瘩，也不知是被她叫的，还是被梁应物搂的。

好在梁应物很快就松开我，说："我当然是个异性恋，但看看你，要是你真的够了解我，怎么会这么容易被一个动作、一句话骗到？我看你是学那个什么幻术学傻了！"

"你！"路云用手指着梁应物，眼看就要发作。

"你什么你，你那个幻术，我看也没什么了不起，只能唬唬何运开，我一拳就能把你撂倒了。"

路云气极反笑："那你倒是试试看。"

"你这个不懂爱情，又学了通没用幻术的老家伙，被我撂倒以后，就乖乖从哪儿来回哪儿去吧。"梁应物说着，就向路云冲去。

"你要能碰着我一片衣角，我就把你们放出去。"路云冷笑着说出这句话的时候，梁应物已经和刚才的何运开一样，擦着她向着洞壁撞去了。

梁应物冲得极猛，要是就这么撞上石壁，恐怕有性命之忧。

我眼看着梁应物擦着路云的左侧跑偏了，立刻往路云的右侧猛冲。

路云不明白我的意图，因为我根本不是冲她去的。只一愣神，胸腹处一紧，人像被无形的脚踹中，往后飞去，狠狠撞在石壁上，晕了过去。

梁应物在差不多同时踉跄着撞上石壁，但因为手里拉着绳子，并没有受伤。

就在刚才他装作搂我的时候，把做"百家绳"时余下的一段绳索塞进我手里，而他则握着绳索的另一端。在昏黑的环境下，路云没能看见这个小动作。

我本还不知道是什么意思，等瞧见梁应物向路云猛冲，立刻就明白了。

路云可以用幻术影响梁应物的视觉，令他改变方向。但只要我拉着绳子往另一头跑，处在我们中间的路云就会被绳索拉倒。

梁应物想尽了办法，先影响路云的精神状态，又让她许诺被打倒就放我们出去，再与我合作将她击倒。现在就祈求路云再次恢复神志，能恢复本我，又或者能遵守承诺。

尾 声

　　三小时后，我们在清醒过来的路云的带领下，顺利走出了足足困住我们三天的人洞。幸运的是，所有的行李还在原先的地方，并没有被野兽叼走。

　　没人再有继续按原计划穿越神农架的兴致，由于前一天晚上大家都没有睡觉，所以在开怀大吃了一顿之后，大家搭起帐篷直睡到次日上午。当然，路云睡了单独的一顶，没有哪个女生愿意和她睡在一起。男生只怕也是一样。

　　在返回的途中，所有学生都不再像来时那样高声谈笑。不仅是因为经历过那样可怕的生死考验，更因为原本相处得不错的同学，在白骨洞里的时候，最后关头却都显得那样可怖。他们过早地领教了人性的丑恶，不仅从百年前的鲍家村血案，也从自己的身上。

　　倒是我和梁应物同路云交谈颇多，也了解了一些其他人所不敢问的东西。

　　萧秀云所留下来的，是一股相当强的怨念，这股怨念强大到一旦发动起来，可以掩盖掉当事人的原先性格，而让这个人按怨念的驱使去做出一些平时不会做的事。但是这怨念固然强大，萧秀云在幻术上的强大修为，还使得她的一部分记忆也随着怨念留了下来，可终究不是一个独立的人的灵魂，不可能永远取代这副不属于她的身躯的意识。所以，当实验结束的时候，这股怨念就会再次隐藏下去，等待下一个时机发作。

不过路云告诉我们，由于梁应物的刺激，让这股怨念要承担过度复杂的情绪和思维，毕竟不是一个真正的灵魂，在被梁应物反复刺激又击倒后，竟然全部破散了，以至于不但让路云恢复了本来的神志，今后也再不可能出现了。而且路云自己的幻术修为经此一劫，和萧秀云留下的怨念发生了神奇的融合，更上一层，未来的发展怎样，连路云自己也说不清楚，可能会超越萧秀云也说不定。

我和梁应物一起，要求大家对此事守口如瓶。没有人提出异议。对那黑暗中的记忆，相信每个人都想要极力忘记，不会有人愿意再度提及这个噩梦。更何况萧秀云虽然不在了，但路云还在，而且还要继续和他们一起上学。没人愿意冒险惹怒她。

初出洞的时候，路云解除了"困龙阵"的禁制。只要没有人再次发动，那么就不会出现进去出不来的情况。我问她为什么不彻底破坏，路云笑笑，说那是她能力范围之外的事。只是对此，我持保留态度。

直至到达上海，除了我们，没有人和路云说过一句话。但是令人惊讶的变化正慢慢地在她身上发生。她以神奇的速度不断美丽着，原本只能算是一个相貌清秀的女生，但不知怎么，对照从前，五官虽然没有明显的改变，但整个人的气质却完全不同，散发着女性魅力，在我和她分别的那一刻，她的微笑几乎连我都抵挡不住。我知道那一定是幻术精进后的结果，这一次她回到学校，一定会引起惊人的骚动吧。下一次见她的时候，还不知会变成什么样子呢。

"我承你的情，以后如果有什么需要的地方，不要忘了我啊。"路云在火车站笑着向我摆了摆手，极为自然地挽起梁应物的手，转身离去。不知是因为她此时的魅力，还是对她莫测能力的顾忌，号称只对男性感兴趣的梁应物竟然没有拒绝。

回到上海我写了一篇非常臭的稿子，连瞎编的心情都没有，不免看了几次领导的脸色。休养生息了好长一段时间，我才从人洞的阴影里恢复过来。这件事之后，我和路云通过几次电话，都是她打来的，我心里对她总是有着挥之不去的阴影，加之没有和她见面，感受不到她的吸引力，每次都是草草几句就挂了电话。

后来，梁应物告诉我，朱自力、郭永华、蒋玮、卞小鸥和费情先后退学，卞小鸥和费情在回去不久后就分手了。而何运开也再没有去练过健美，刘文颖和路云的性格像是换了一下，现在路云在学校里走到哪里都众星捧月，魅力之大，连梁应物见了都要扭过头去赶紧走开，以免沉溺其中。

现在，人洞再一次被发现了。里面尸骨上的文字，不知会不会被发现。估计这个可能性相当小，如果不是我们当时的处境，没有人会对这些白骨仔细研究，普通人一站到那个白骨洞里，待不了几分钟就会逃跑，所以当年鲍家村耸人听闻的血案，只怕依然只有我们这十四个人知道。

写到这里，我发现，原先的恐惧已经随着在电脑屏幕上敲出的一个个汉字而淡去。这真是一种很好的方式，什么都是要分享的，欢乐如此，痛苦如此，恐惧当然也如此。

呃……其实，还有一件事。

我想梁应物也和我有同样的想法，只是我们谁都没有交流过。

萧秀云真的从此烟消云散了吗？

路云告诉我们的，就是真的吗？她虽然带我们出了人洞，又怎知不是因为遵守承诺，而是恢复了"路云"的人格灵魂？

最有可能的是，萧秀云和路云合成了一个人。

每次想到这点，我就觉得背后凉飕飕的。

我可不想让这种恐惧一直盘踞在心里，就趁这个机会，一并解决了吧。

我拿起办公桌上的电话，拨了个号码。

"路云吗？我是……"

"你是那多，你总算……给我打电话了。"一个低沉的、极有磁性的女声从听筒里传来，让我的心脏剧烈跳动。不是我记忆里路云的声音，也不是萧秀云。但我知道，这就是路云。

我深吸一口气。

神秘莫测的幻术，没准在未来的哪一天能帮上我的大忙，别总想着逃开。另外，路云，她现在已经是一个大美人了吧，或许，早已升级成了绝世美女了，管她原本是什么模样呢。

"还记得人洞吗？"我说。

她低低地笑起来。

变形人

楔　子

上海考古史重大突破？志丹苑遗址终结渔村传说

　　600多年前，上海还是一个小渔村？如此说法有望被彻底终结。经过市文管会考古部专家9天的紧张挖掘，昨天，位于本市志丹路与延长路交会处的"志丹苑"元代石闸遗址考古终于真相大白。在遗址现场，两根粗大的青石柱昂首挺立在大坑的西北角，元代建造的石闸立体上半部分已清晰可见，而再往下2米深处已探明的由1000多平方米大石板铺成的建筑物也将在短时间内露出真容。如此规模巨大、做工考究的古代石闸在全国尚未看到过。它见证了600多年前上海航运的繁华。这是上海考古史上最重大的发现，也是全国重大考古发现之一。

　　遗址的发现纯属偶然。2001年，志丹苑开发商在建18层商品楼时，打桩至7米时无法继续打下去，工程负责人马平平先生花12000元购置了金刚钻继续挖，结果挖出铁合金锭搭扣和石板等文物。5月3日，一位关心文物保护的市民将此事上报给市文管会，引起了市文管会考古部主任宋建的高度重视，他立即派家离遗址较近的考古队员陈杰博士赴现场调查。陈杰发现除了铁合金锭搭扣外，还有企口拼接的厚达25厘米的石板，石板下是以铁搭扣连接、厚达15厘米的衬石板，石板下有带铆槽结构的粗大横梁，其下还有木桩支撑。陈杰当即排除了古墓葬的可能，并向宋建作了汇报。宋建根据长期考古经验，预感到这将是一项大型水下石构水工建筑遗址，便通知施工单位停止施工，保护现场。

在市、区政府领导及有关专家的精心准备下，遗址于今年8月26日正式开挖。在挖掘现场，记者亲眼见证在遗址堆积层中发现了元明时期的砖瓦、青花瓷片、青瓷碗等文物。在遗址东南、西南角地下5米处发现数根粗大的木桩。元代石闸由两块巨大方柱体青石构成，两块青石位于一条南北直线上，间隔680厘米，顶端距地表150~250厘米，已露出的青石高330厘米，面宽90厘米，四面规整，棱角分明。两块青石相向面正中各凿出宽28厘米、深17厘米的凹槽，凹槽上下笔直，槽底平整。它比1993年被评为中国十大考古新发现，今已建成宋辽金遗址博物馆的北京金中都水关遗址规模还要大，做工更精致，而且保存十分完好。

据文献记载，此地在吴淞江故道的芦子浦、扈渎垒附近，吴淞江是上海明代以前最主要的河道，直入东海，它对上海的兴起和发展起着重要的作用，唐以后逐渐淤浅。元代都水监任仁发曾受命疏浚吴淞江，并置石闸、木闸数座，以限潮沙。此次发现的石闸可能同任仁发治理吴淞江水系有关。

市文管会领导汪庆正先生说："这次发现的元代石闸遗迹是全国最大的，特别是两根石柱不得了，连全国文物保护单位北京金中都水关遗址也不能相比。这在一向少有重大考古发现的上海地区更是不得了了。上海城市的变迁、上海水道的变迁、上海水利的建设，书本上有一点介绍，但究竟怎样说不清楚。上海的古建筑在上海似乎很重要，但在全国是排不上号的。元代水闸建筑不只是上海的事情，也是全国的事情，它在全国也是可以排在首位的，这是上海的荣耀。"

文管会常务副主任陈燮君在采访中更是信心十足地说："这在上海是新中国成立以来第一次，意义非同寻常。该遗址很有可能被评为中国十大考古新发现之一。"

昨天，上海市文管会领导正式透露，由于志丹苑遗址的庞大规模和完整保存，使它在考古史上具有重要意义，因此文管会已决定在志丹苑原地建造一座遗址性博物馆。据悉，这将是市区内唯一一座遗址博物馆。如果顺利的话，今年年内即有望启动。

2002 年 9 月 6 日《新闻晨报》

再看到这篇报道，我还是会忍不住微笑起来，尤其是在开始写这篇手记之际。

其实对志丹苑小区的居民来说，这也算不上什么"新"闻，因为工地都已经在那里好几年了，而且在这篇报道出炉一年前，就传出了发现古代遗址的消息。说来惭愧，当时我还是一名嫩记者，也就是所谓的"菜鸟"的时候，就曾经在这件事上碰过钉子。

当时我通过一个特殊关系，在打桩机刚触碰到那片神秘区域的二十四小时内，得知了这个消息。当然，我彼时只以为是个重要的考古发现，但那足够鼓舞一名新记者了。

于是我兴冲冲地赶到现场做报道，毫无疑问，我是当时第一个报道这件事的记者。结果稿子第二天见报，有关方面的态度出人意料的谨慎，马上通知媒体封锁消息。我那时还兴冲冲地再次前往工地打算做跟踪报道，

结果当然是吃了闭门羹，再也没了下文，就好像被当头泼了一盆冷水。

没想到的是，时隔一年，有关方面重新组织媒体进行报道。我早就对这件事失去了兴趣，所以只到现场粗略地看了一下施工处，随便采访了几个有关人员，随便拟了一篇官样文章，也就是上面那一篇。

当然，如我所说，这则新闻从其实际意义来看也能算是一则相当重大的新闻。对上海这样历史颇短的移民城市来说，作为全国最现代化、最先进的金融中心、商业中心、工业中心等，最缺乏的便是悠久的历史及其考证，因此对考古总是不甘人后，有着异乎寻常的热情。这样的历史古迹相当稀少难寻，而且可以用来驳斥那种认为上海在近代以前一直是小渔村的观点。小渔村怎么可能建起这样规模宏大的水关建筑呢？

以上所说的，仅仅是从报道上来看志丹苑遗址，好像没有什么可疑之处。如果它确实表里如一的平淡无奇的话，就是我的大脑出了问题——这当然不可能。在开始叙述在这篇报道之后接踵而来的一连串本人亲身经历的匪夷所思的奇妙事件之前，我首先要郑重申明，我所说的一切都是真实无疑的，没有一句假话。如果你不相信人类对这个世界几乎一无所知的话，你可以不必再看下去。

第一章

九命黑猫

Chapter 1

《晨星报》的编辑部一如既往地弥漫着一种散漫的气息。虽说是工作时间，但人并不太多。

虽说已经是九月了，然而上海的天气越来越热，也不知是不是全球变暖的关系，总之大街上一片盛夏景象，办公室里，同事们还穿着短袖。我正盘算着，今天又在办公室里吹冷气，休闲一整天。

记者的生活就是这样。别人常常会以为记者的生活充满新鲜刺激，其实说穿了也就是在自己工作的这个圈子里打转，接触固定的人群，而新闻的类型无非就是那几种，搞体育的就是报道比赛，搞娱乐的每天就是找绯闻。在这里，我不能透露更多，那都属于行业机密，不足为外人道。

这时，我的电话响了起来。

当听出是房东的声音时，我并不意外。我是一个人租公寓住的，我自认为平时的生活属于无忧无虑的那种，很重要的一点就是自由。今天是交房租的日子，我记得很清楚，钱都准备好了，房东根本就是多此一举。

然而房东说的并不是这一回事，原来我住的那幢公寓存在一些建筑问题，要马上整修，我不能再住下去了，明天就得搬走。这实在是一件非常麻烦的事，尽管房东老太太一再道歉，知道这过于仓促，她也是出于无奈，但还是无法改变我今天就得把东西搬走，乃至今晚很可能无家可归的窘况。

我嘴里说着没事，但心里实在有些犯难，朋友中不知有没有肯让我借宿一晚的。可找房子也不是一两天就能顺利解决的事，难不成要住旅馆？那我接下来就只能三餐吃方便面过活了……

就在我左右为难的时候，同事水笙跑来要我替他向领导请两个星期的假，说是回老家探亲，下午就走。

我不禁暗喜。水笙是个不折不扣的新人，进报社也就一年的时间，平时寡言少语，不善于与人交际，不过和我关系不错。记得他刚进报社那会儿，我时常帮他解决一些麻烦，刚开始是帮他修改稿件，后来还在他生病的时候帮他完成他做到一半的一组报道。所以，他一有事就会来找我帮忙。这些都是次要的，重要的是他也是一个人租房住。

于是，我一口答应了帮他请假，心想秋收的时候也该到了。

我把事情的来龙去脉和水笙说完，厚着脸皮向他借租。谁知他吞吞吐吐，犹豫了半响。

没办法，我只好义正词严地教训了他一顿，动之以情，晓之以理，不惜搬出陈年旧事，总算说得他一脸不情愿地交出了房门钥匙。

总算水笙还是通晓大义。在此需要声明的是，我并非总是记着给别人的恩惠，实在是像水笙这样身体虚弱的记者太过稀少。像我们这样跑跑一般的社会新闻，大多数时间在市区内他都常常累得受不了，若是让他去做体记或娱记，八成他早就作古了。真不知小时候的"体育锻炼标准"他是怎么通过的。

话说回来，若不是水笙说出地址，我都不知道他家竟然在志丹苑。我实在有些惊讶。前些日子做志丹苑的报道吵得那么厉害，竟然没人知道他就住在那里，可见他和同事们不怎么熟，平时他们一群家伙常常挤到这家或那家通宵玩牌，显然水笙从未参加过此类活动。

反正事情顺利解决了就好，我手头上也没有什么工作，干脆就直接叫辆车准备回去搬行李。水笙好像还是不太乐意，说是赶火车，交代了几句就走了。

我飞快地整理我的行李，其实就是乱塞一通。整理完毕一看，正好两大箱，说多不算多，说少又不算少，虽说一个人便能搬走，但会相当辛苦。我叫了一辆出租车，飞快地直奔志丹苑，待会儿可以叫司机帮忙搬一下。水笙说，他住在最靠近考古工地的那一排房子，吵得要死，环境实在不怎么样，但是在一楼，不用搬大箱子爬楼梯。我一边思量着，一边和司机有一搭没一搭地聊起来。

　　过了一会儿，眼看车子即将驶进志丹苑小区的门口，司机一时兴起，一个加速变道超车，全然没看见一名交警就站在那边。于是车被交警拦了下来，那警察喝了一声"违章变道"，便掏出了小本子。那司机估计开了二三十年车了，见交警犹如见爹妈一般亲近，不甘束手就擒，毫无惧色，跳下车便大声理论。二人立刻争吵起来。

　　我一看这架势，知道一时半会儿解决不了，便自己下了车，准备搬行李。我很不情愿地把两只大箱子搬下车，招呼站在大门口的警卫，叫他帮我看着一只箱子，我自己搬起另一只便准备走进小区。

　　正在这时，一辆满载泥沙的大卡车飞速地隆隆驶过，声势浩大，引得我回头望了望。突然，我瞥见门口一旁的草丛中，出现了一个黑色的影子，并且受惊似的疾速蹿出，说时迟，那时快，就恰巧在那一瞬——我清楚地看见那是一只黑色的猫——被狠狠地轧到了巨大的车轮下。"吱——"的一阵尖锐刺耳的刹车声，一下子盖过了吵闹声、施工声，周围顿时好像安静了下来。那只黑猫被如此庞然大物轧得几乎完全扁平了，身体夸张变形，只有脑袋露在车轮外，一大摊血喷出老远的惨象赫然映入了我的眼帘。事实上，那可怜的猫被轧死的整个过程，我都看得一清二楚。卡车司机探头望了望，重新发动卡车，沉重无比的车轮又一个接一个地从黑猫身上轧过。卡车继续呼啸着扬长而去，只剩下一具扁平、肮脏不堪的猫的尸体横在路中央。

　　我把第一只箱子搬进屋再折返回来，已经是一身的汗。再一看，那出租车司机与交警的舌战已经结束，胜负虽未知，车却开走了，我的另一只

箱子还在那里。我暗骂自己估计错误，浪费宝贵的体力。那只猫的尸体还横在路中央，从沾上的灰尘来看，可能又被其他疾驰而来的车轧过了。两边马路上的人也不算少，路口有一家书报亭，老板还在探头张望，但见到那具猫的尸体，表情无一不是漠然无视。难怪有人说，现代社会的人越来越没有人情味。一条生命就这样消失了，也没人皱一下眉头，大概除了我以外。

感叹归感叹，我依旧拎起第二只箱子，向警卫打了声招呼便往回走。走出没几步，一个黑影迅捷地从我脚边闪入了旁边的花园，随即是一连串草叶的"沙沙"声，一瞬间便消失了。

我回头四顾，好像一点异状也没有，但总有些不对劲。我有些诧异，又说不出是什么，刚想继续向前走，突然意识到一定有什么不同，再猛地回头去看时，一切似乎如常，但在干净的路中央，只留下一摊猩红刺眼的血迹，那只猫，那只黑猫的尸体却不在了。

一阵寒意自黑影擦过的脚直传上身来，我再环顾四周，一个个行人依然像什么也没发生过一样，那位书摊老板依然东张西望着，倒是我一脸茫然的表情使有些人向我投来奇怪的目光。那名警卫应该是一直站在那里，我忙招呼那警卫："师傅，您有没有看见刚才那只死猫哪儿去了？是不是有人来处理过了？"

"啊？"那警卫显然没明白过来我在说什么，"死猫？"

那一刻，我有一种奇怪的感觉，好像所有人串通起来与我开了一个玩笑。这种恐怖的想法仅仅是在我的脑中一闪而过，就让我出了一身冷汗。

所幸我知道我并未遇上什么超现实的东西，因为有明显的证据——那摊血迹还留在原地。我相信，我看见一只猫被轧死这件事是千真万确的。问题在于，尸体到哪里去了呢？

"就是刚才有一只猫在那儿被轧死了啊，就是在留下那摊血的地方……"我想这警卫多半是在敷衍我，于是干脆指给他看。

"不知道。"那警卫耸了耸肩，"大概没死透吧。青蛙没了头还能跳呢。"说完,他又若无其事地东张西望起来。

"哦。"我知道再问下去只会被人当成神经病,随口应了一句,脑中清楚地映出那只黑猫被轮胎轧过,身体瞬间被轧扁随后吐血的画面,实在惨不忍睹。我也知道在刚才短短的时间里不大可能有人在警卫不注意的情况下替猫收了尸。但是,不管怎样,不可能有动物被这样狠狠地轧过还不死的,就算真有九条命也不可能。

多半是被其他车轧过时,钩在车底被拖跑了吧。我只能这样推测,然后再转头看了一眼血迹,完全没有拖动的痕迹,也许是……不管怎样,如果我的推测错误,那就是有东西超出了我的理性思考范围。

第二章

住在楼上的美女

Chapter 2

先不管有关动物生命力究竟能有多强的疑惑，我试图把注意力集中到搬家上。要住至少两星期的地方，还是应该弄干净些。我把箱子都搬进了屋子，把日常用品都安置下来，等到一切完毕，已经将近天黑了。我终于可以舒一口气，躺倒在沙发上。

然而在整理过程中，我有了一个有趣的发现，便是屋主的私人收藏。在沙发扶手和坐垫间藏着几本色情杂志，有《阁楼》，还有一些日本的 AV 杂志等。随后，我顺理成章地在电视柜的几个抽屉里找出了不少 A 片，中国港台的、日韩欧美的，数不胜数。另外，水笙的卧室里也有不少"证据"，床单下、床头柜内，到处春光。想是我突然向他提出借房请求，他一时来不及藏好。

一想到水笙看上去白白净净的，戴着无框眼镜，人长得绝对斯文，平时羞涩得很，却有如此强烈的这方面的喜好，我就觉得不可思议，这实在是大大出乎我的意料。他在报社时经常都有气无力的，几次生病也都说是疲劳过度，不堪重负什么的，不会是打手枪打的吧，若真的是，得尊称他一声"枪神"才是，嘿嘿。一定就是这个原因，他才不肯借给我房子吧。我不由得乐起来。

无论如何，一个单身的成年男子嘛，也算正常，我将这些"精神食粮"各自归位，这才发现天已经黑了。

透过窗户可以清楚地看见考古遗址发掘工地的位置，由于天一黑就收工，现在那边一片漆黑，寂静无声。我拉起了窗帘，心里只祈祷他们第二天不要太早开工搅了我的好梦。之后的一整晚，我坐在书桌前，开始在我的手提电脑里写《那多手记》。这篇手记我倾注了不少心血，断断续续地已经写了四个多月，如果不是因为一些事件而中断，早就该写完了。这篇手记所写的，是我一年多前的一段恐怖经历。

要克服对过去的恐惧，最好的方法就是再次面对它，冷静地由我自己重新整理，用文字重现出来。许多针对由于过去的可怕经历而造成的记忆障碍或者精神分裂的心理治疗，其实就是在心理医生的引导下，让病人自己一点点地描述出整个事件，也就是一个重新回忆并让自己再次置身其中的过程。只不过心理医生会不断地进行鼓励，适当控制病人的情绪。我相信将这次经历写成手记，是能够使我从当时强烈的恐惧中彻底解脱出来的唯一途径（详见《凶心人》）。

不知不觉中，已经将近十二点了。我对着屏幕，觉得脑袋有些发涨，手指也有些酸麻了，于是便停下来，拉开窗帘一望，只有几盏路灯亮着，其他什么都看不清。我伸了个懒腰，泡了一杯咖啡，准备上一会儿网。

这时，外面突然传来一声猫叫。

我一凝神，侧耳听去，外面确实传来听起来有些刺耳的猫叫，一声声的有些断续，好像是受了伤后发出的哀鸣，但声音响亮，却又不像受伤的样子。我听过猫发情时发出的令人毛骨悚然的婴儿哭声，以及打架时发出的声嘶力竭的叫喊声，但从未听过这种猫叫声。

我急忙向窗外望去，光线实在太过微弱，看得不太清楚。我把台灯关了，这样可以略微看得清楚一些。隐约中我似乎看到一团黑影蜷缩在草丛中，不断发出诡异的叫声。从体形和叫声来判断，那当然是一只猫，瞳孔中还不时地射出闪闪烁烁的微光。然而，它蜷缩在草丛内，我不确定是否是下午目击的情景，让我做出了那是一只黑猫的判断。不出意料的话，那的确是一只黑色的猫。

潜意识里，我总觉得那只被卡车轧死的猫已经复活，而且就在志丹苑小区内，但这只是否就是那只死而复生的猫，还是很难下结论。毕竟一个小区内有两三只野猫是很正常的事情，颜色当然也可能有相同的。

我作为记者的好奇心驱使我决定亲自去看一看。在我打开门的瞬间，"嗖"的一声，那只黑猫直蹿了出去。尽管我意识到人是追不上猫的，但还是忍不住快步追了过去。我看见它往工地那边跑，于是便向工地那边追了过去。

追到工地边，早已没有了猫的踪影。偌大的工地显得格外寂静，我一个人站在空荡荡的路中央，虽说我胆子不算小，但还是浑身不自在，当下便决定回去睡觉。

就在我回身之际，一阵凉风吹过，在这种炎热的天气里应该会令人感觉惬意，然而我却感到有点儿刺骨。我有些不安地再次环视了一下，赫然发现在离我不远的工地旁，竟然有一个孤零零的白色的影子。

我不由得吃了一惊，心一下子提到了嗓子眼。幸好我的好奇心适时地取代了一部分恐惧，我壮着胆又向前走了几步。

那惨白色的影子徐徐转过身来，我这时才看清，原来是一个长发女子。我不禁想，现在说她是女"人"还言之过早，我停住脚步，不敢走上前。

一时间，我呆立在那里，在零星昏暗的灯光下，周围的气氛着实恐怖。我不禁想，不管她是人是鬼，我在她过来之前应该先离开才是。

可惜的是，那女子已经听见脚步声，并且侧过头来看了我一眼。借着四周楼房里射出的光线和路灯微弱的亮光，我还是能够大致看清楚她的样貌。有足够的证据表明，她是个美女，是有点古典气质的那种，这使我的恐惧感降低了不少。毕竟就算撞"鬼"，也是个比较漂亮的"女鬼"。

我远远地观察了她一会儿，不知道是不是心理安慰过了头，总觉得她有些眼熟，好像在哪儿见过，却又没办法把她和某个名字联系起来。然后，我又觉得自己见到美女的这种反应有些可笑，这好像是最老土的一种向美女搭讪的借口吧。这儿又不是衡山路酒吧区，随便见到个美女搭讪都有可能发展一段广岛之恋。这儿的环境和那女子的装扮，怎么看都像恐怖片，而不像言情片。当下我打定主意，无论她是人是鬼，我都不予理会，还是回去睡觉比较实在。

倒在床上，我又回想了一下。黑猫，我记得是被人称为最不吉利的象征之一，我也弄不清我今天到底碰上了几只，总之不会是好事。长发白衣女子又是鬼片常用的道具之一，从《聊斋》到《午夜凶铃》，这种种迹象，让我觉得都是要行霉运的征兆，这几天要万事小心。

这样折腾了半夜，我才好不容易睡着，待我醒来，已经是中午了。我躺在床上，虽然已神志清醒，但实在懒得起来。说实在的，这套房子很不错，装修得也还算简洁，床尤其舒服，天花板……天花板上竟然有不少水印。

我躺在床上，皱眉看着天花板上的水印，有些地方的涂料甚至已经起了泡。我印象中志丹苑小区的历史不算太长，新造的楼就成了这副模样。当然，楼房建筑偷工减料、结构不合理是现在社会上比较普遍的一个现象，但志丹苑小区应该还是不错的，如果出了问题，作为一名记者，我义不容辞……嗯？

靠近左上角的还在不断扩大的几处水印立刻引起了我的注意。我又仔细看了一会儿，那些水印确实还在不断扩大，这有些奇怪。一般来说，楼房发生漏水都是由于上层楼的水管铺设出了问题。可是，这水印好像是通向客厅。如果不是楼房的结构有问题的话，就是楼上的人家出了什么事。

我当即起床，穿好衣服，也来不及洗漱，快步跑上二楼去敲门。

一来到二楼那户人家的门口，就可以清楚地看见有水正从门内漫出来，流了一地。我急忙用力敲门，心里猜想可能是主人外出忘了关水龙头。孰料，这时门打开了。

"什么事？"开门的是一个穿着简单条纹睡衣的长发女子。

我一见到她，就愣住了。事实上我一见到她，就认出来她百分百就是昨晚我撞见的那个女子。凑近了看，她绝对可以算是一个美女。特别是她有一头值得大多数女子称美的乌黑长发，可以算是她非常明显的特征，不过现在略显凌乱。她的一只手还在整理头发，见到我时也略微顿了一顿，估计她也认出我是昨晚她遇到的那个人。

"你是哪位，有什么事吗？"

她有些戒备地看着我，身子往房内退了退。估计她是结合了昨晚的相遇，以为我是不怀好意跟踪她的变态。

我瞥见她穿拖鞋的脚已经湿透了，裤子也湿了一部分，看起来十分狼狈。

"我是住你楼下的，昨天刚搬来。今早看见你这儿在漏水，楼下我房间的天花板都起泡了。"

我伸头看见她身后的房里已是水漫金山。

"不过现在看来已经很明白了，你的情况好像比我还糟糕呢。"

"哦……那真是对不起。"她歪了歪头，显出一副无可奈何的神情，"我泡澡时睡着了，忘了关水，水漫出来弄得到处都是，我自己都不知道，呵呵，搞成这样子。"说着踢起一小串水花，笑了笑。

我再次仔细端详了一下这个女子，总觉得她很眼熟，她似乎有用手拨弄头发的习惯，不停地用食指和中指梳理着垂过肩背的头发。我这才想起我确实是认识她的，至少我知道她的名字。

作为一个经常和人打交道的职业，记者要记住很多人名，这是让新手很头痛的一件事，在面对某个你想套近乎的对象时却叫不出名字，是职业大忌。我不属于那种勤奋的记者，但经过脑子的名字也不会轻易淡忘。昨晚一时记不起来，现在总算回忆起来了。

"你……你是苏迎吧？"我问道。

"你是……"那美女不由得诧异起来，睁大眼睛盯着我。

"我叫那多，是《晨星报》的记者。你拍的洗发水的广告现在可以说是家喻户晓了。一个月前，我们做过你的报道。"

原来这个苏迎是现在小有名气的一位广告明星，除了她的长发以外，她的脸也长得很漂亮，看起来非常清秀可人。我自认欣赏美女的眼光还是有的。后来我们领导大概也注意到了她，认为这个女孩将来一定会红，就打算趁她还没大红大紫时先做篇采访，一旦她声名鹊起，便会感谢我们当初的支持和宣传，也显出我们领导高瞻远瞩、眼光不凡，于是就在一个时尚话题的报道中做了她的采访。

"哦，对。那次是一个叫水笙的记者，他就住在我楼下，有时还会找我聊聊天的，那么你是……"苏迎也一脸茫然。

"是这样的，他有事外出了，把房子临时借给了我。"

"哦。"她笑了笑，"很高兴认识你，那多先生。"

我们握了握手。

"哪里，我才深感荣幸。其实说起来，我认识你在水笙之前。"

"哦？"

其实本来那篇对她的采访是由我去做的，只是当时发生了一些事，我实在脱不开身，只好叫水笙代我前去。没想到这么巧，水笙和苏迎竟然都住在志丹苑，还是上下楼的邻居。正因为如此，我才能认出她来。

我向苏迎耐心地解释了这一段前因后果，说到最后一层时，我不禁暗骂自己错失了一次与美女亲密接触的机会。而且，水笙看来也不是傻瓜，平时一声不吭，这种时候倒没有浪费机会，还与她有一点普通的交往。不过只要想想天花板上的水印，我也就释然了。

这样一来，我和苏迎就算相识了。我半开玩笑地对她说，这也算一种缘分。她点头同意。

"那么，我先失陪一下，"苏迎环顾了一下屋里的水，叹了口气，"我要先把屋子收拾好。"

"你一个人收拾很辛苦吧，我反正也没事，让我也帮忙吧。"既然大家认识了，总不好意思就这么离开吧，更何况是一位漂亮的小姐。我自告奋勇献股勤道。

没想到，她毫不客气地把我请进屋里。

　　屋里一片狼藉，湿透的报纸满地都是，几只拖鞋像小船一样漂在水面上。好多东西被匆忙地堆在一旁的桌子上，包括一团团才拔下的电线。我见过的单身女子的房间中，这恐怕是最乱的一间了。

　　"男生就帮忙拖地板吧，我力气太小。"她扬了扬头发，递过来一个拖把。我接了过来，暗暗吐了吐舌头。

　　于是，我们一边打扫，一边进行初步的交谈。

　　"平时除了拍广告，你还做什么工作？"

　　"上课啊！"苏迎漫不经心地回答。

　　"哦，你还是大学生啊？"我稍感意外。

　　"是啊，我在上海大学读影视。只不过有时候会有人找我拍些小广告，我只是赚点儿零用钱罢了。"

　　"电视里经常播放你的广告呢。平时有没有人找你签名？"这也是实话，她的洗发水广告好像是在几个黄金时间段滚动播出的，时不时地，她那个甩头发的 pose（姿势）就会在我眼前晃来晃去。

　　如果要说她给我的感觉有什么不好的话，就是她的眼神里总有点儿茫然的感觉，也许是因为刚睡醒眼神有些慵懒的关系吧，而且回答我的话时总是用一种很随便的语气。如果换成一个大大咧咧的男人，谈话时这种态度是很令人恼火的，可是眼前的美女不会让人有这种感觉，倒是为她平添了几分神秘感。

　　"没有啊，还好吧。"

　　我拖着地板，忽然看到从浴室往外到客厅的大部分地板都是防水地板，便开玩笑地问她："你是不是经常碰上这种事，看你的样子一点儿也不紧张，好像无所谓似的。"

　　没想到，她看着我点了点头。

　　我的小小推理成功了。

　　"我特别喜欢泡在水里的感觉。"她停下来，做了一个水淹过颈的手势，微笑起来，"比睡在床上舒服多了，所以我特别容易忘我，一泡进去就没完没了，简直像灵魂出窍一样，所以水经常溢出来，还好楼下的人还算客气。水笙他从来都没有说什么。"

我想起天花板上原来就有的许多水印，总算了解了其中的原因。再说水笙不擅交际，遇上这种事估计也不会处理，更何况对方是一个美女。但这样奇怪的毛病我从来没有听说过，也许有洗桑拿、土耳其浴成瘾的，大概和她属于同一类型吧。

不管怎样，她给我留下了一个性格有点古怪的印象。

我继续卖力地拖了几下地板，苏迎把水扫上阳台，我扯了几句，立刻想到一个关键的问题，便是昨晚那次相遇。一想到昨晚那种气氛，我又不禁打了个寒噤。

"你也有半夜出去散步的习惯吗？"

"昨晚那个人果然是你。没有，我昨晚睡不着便出去散步。"她看了看我，拨弄了一下头发回答道。

我忍不住问道："那三更半夜的，不会怕吗？"

"怕什么？"

"怕……会有'鬼'啊！"我开玩笑道。

"那种东西有什么好怕的！"没想到苏迎有点不耐烦起来，声音也显得有点激动。

"不是，我开个玩笑，本来嘛，呵呵……"我没料到苏迎这么容易激动，连忙解释了一下。

"那你三更半夜的跑到那里干什么？"她反问。

"呃？"我没想到她有此一问，随即发现自己根本没有任何合理的解释。难道要我认真诚恳地对她说，是因为有那么一只黑猫，被卡车整个轧扁了吐了一大摊血后，半夜里又跑到我家窗户外晃悠，还大声叫唤，我出去追它，结果追啊追啊追没了就碰上她了？这样回答，苏迎要么觉得我脑子有病，癔症发作；要么觉得我胡乱编造借口，心存不良、图谋不轨，而这两者都不是我希望看到的。

一时间，我拼命在脑中编着借口，我们谁都不说话，场面有些尴尬。

"没关系，其实我也不想知道。"苏迎看看我的窘相，先开口道，"我们得快些打扫，我下午还有课。"

"哦，对。"我连忙道，"我下午也有事，要赶回报社，赶紧吧。"

于是，我和苏迎一边继续干着手上的活，一边有一搭没一搭地闲聊，不一会儿便解决了房内的水。打完招呼后，我便下楼洗漱，准备下午的工作。

回到房里，我打开电脑，检查了一下这个月的工作量。这才发现这个月我发的稿子数量太少了，这样下去恐怕有完不成指标的危险。

这可不是开玩笑的，身为资深专业记者……不过话说回来，最近的新闻实在是乏善可陈，本来嘛，新闻都是要记者自己想办法挖掘的，我这两天虽然每天都上网，但什么有意思、有新意的信息都没有收集到。

我又不愿意随大溜地写些无关紧要的小事，炒无聊的新闻，所以自从发了那篇有关志丹苑的官样文章以后，就没怎么写过东西。

志丹苑！对了！我一时忘了我就住在这个考古工地旁边。这样一来，不管怎样也要顺手从里面挖出点新闻来，才算没辜负了这份运气。

我草草地以方便面结束了我的午餐，出了门便直奔工地。

来到工地边，远远地我看见了一个人，戴着安全帽站在工地边，拿着图纸好像在指挥施工。那是主持这项发掘工作的考古队队长，我记得他的名字叫张强。那次新闻发布会上，无数记者将他团团围住，无数闪光灯闪得他一愣一愣的，所以我对他印象比较深刻，至于他当时讲了些什么，我倒记不得了。现在他一个人在那儿监督发掘工作，正好给了我单独采访的机会。

"张队长你好！我叫那多，《晨星报》的记者。"我熟练地自报家门，"我想请教一下，考古发掘工作有没有什么进展？"

那家伙黝黑的皮肤在阳光下闪闪发亮。

"你好。这两天我好像一直都在和记者打交道。"他笑着说道。

一看便知张强是老实巴交的人，和这种人打交道很容易，他说话一般不会隐瞒什么，也不会耍花腔。

然而一问之下，实在令我大失所望，发掘工作几乎没有什么进展，张强和我说的基本上还是十天前发布会上的那一套，没有发掘到任何有意义的文物。考古这种事情的进展确实缓慢，因为这属于精细活。我向工地望去，工地外围有一些工人在推运泥土，工地里面有零零落落的几个专业发掘工员，拿着还没巴掌大的刷子不停地刷着，屁股撅得老高，远望过去好像一只只蜥蜴在那儿吐着舌头。时不时有人扫出一块碎瓷片、破瓦块什么的，端详许久，拿放大镜照，又拿出小册子翻，最后摇头扔到一旁。据张强说，基本上现在每天的推进速度是一到四米，因为必须处处小心、步步为营，而挖到的都是些当年附近村民扔到河道里的旧物，根本没有什么考古价值。当然也就没有什么新闻价值。

我偷眼看了看张强，他一副兴致勃勃的样子。我想起一个笑话，说考古学家娶老婆是越老越好，因为对他们来说，东西越老越值钱。总之，搞考古的总会让人觉得不太正常，总是对死了的、坏了的感兴趣。

其实换个角度来讲，他们也只是尽量做好自己的本职工作，只是地点和方式不同罢了。考古对人类和社会来讲是相当重要的工作，只是多少有点神秘感。

我看了一会儿，也觉得厌了，可又觉得心有不甘，心里盘算着怎样换个角度、换种形式挤出篇报道来，嘴上不停地问着张强各种问题，什么考古队的情况、队员的来历、出土的那些破旧器皿的用途、对考古前景的预测等。

一开始，张强还耐心地为我一一解答，过了半晌，很显然他已经被我弄得不胜其烦。他拍了拍我，而且相当重，苦笑着说道："你明天再来吧，明天会从北京来个人，是位考古发掘方面的专家，绝对权威，他要来对这里的建成年代和用途重新考证一下，到时候你再来找他，肯定有新闻给你，我实在没什么可以告诉你了。"

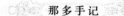

"重新考证？"我不由得好奇起来，追问道，"当初新闻发布会的时候不是宣布说年代和用途都已经有了定论，说是元代的水关建筑吗？为什么要重新考证，是有新发现了吗？"

"没有。"看得出，张强勉强耐着性子和我说话，"一开始对于年代和用途就有分歧，这是很正常的情况，每次考古都会有的！"

"为什么会有分歧呢？"

"为什么？为了给你们记者提供新闻啊！"他开玩笑地说道。

最后我问张强要了这位叫阮修文的考古专家的手机号，便上班去了。好歹也有了那么一点收获。

晚上我回到新家，毕竟我是刚搬进来，还不太适应，平时的话或许随手就拿一本书看看。这两天在单位上网已经上了个饱，一时有些无所事事，于是想到了屋主留下的大批"精神遗产"。

我拉开水笙藏 A 片的抽屉，随便拿出一摞扔在桌上，想看看他的品位如何，便挑了一张放了起来。谁知刚放了几分钟，还没进入高潮部分，门外突然响起了敲门声。

我吃了一惊，心想该不是我音量开得太大吵到了邻居吧，那好像影响不好，而且又败坏了水笙的名誉。万一人家以为我这儿有两个人……我手忙脚乱地关了 VCD 机，装作在忙的样子起身去开门。开门一看，居然是苏迎。

她摆出一个迷人的微笑："我看到你家灯亮着，我反正闲着没事，就想来找你聊聊天。有没有空？"

我正欲一口答应，又想起桌上堆着的 A 片和杂志，而且数量惊人，一旦被她看到，我一世英名便毁于一旦。我正思量着，脸上不自觉地流露出犹豫的神情。苏迎瞧了瞧我，平淡地说道："你在忙吗？那我就不打扰了。"

难得有美女主动找我聊天，怎么可能这样拒绝，这绝不是我的作风。我连忙说道："你误会了，我刚搬进来，家里实在乱得可以，不好意思招待女生进入。"

"要不上楼到你那儿坐会儿？"我这样提议道。

就这样，我再次来到苏迎的房间，一进门便是一个巨大的水族箱，很多条色彩斑斓的海水鱼在里面自由自在地闲逛。

海水鱼的颜色真的令人感叹大自然造物之神奇，再天才的画家也画不出来。但养海水鱼要比养其他种类的鱼格外费心，水温、酸碱度等，更何况这么大的一缸。于是我暗暗判断，苏迎是个很有耐心的人。

我们面对面地在沙发上坐下，她顺手打开了电视。很快我们开始聊了起来，东扯西扯的。也许是因为拍过几个广告的关系，她与这个社会的接触面和其他同龄的大学生相比要广许多，对一些媒体方面的知识也很了解，聊起来丝毫感觉不出她还是学生。而且她谈话时，一会儿谈广告，一会儿又谈到宗教，一下子又跳到偶像问题，思维跳跃相当厉害。我抖擞起精神，她谈什么我就回应什么，可话柄总在她手中，不一会儿我就有点跟不上的感觉，不禁有些未老先衰的悲哀。

终于，她也像是讲累了，笑着说："我去拿些饮料来。"便起身走进厨房。我舒了口气，顾盼四周，心下盘算是否找个借口离开，这样下去精神受到的打击不小。这时，我的目光被苏迎书架上的一本本书吸引住了。

我想，这些绝对不是在普通女生的书架上会看到的。一般女生的书架上总是充斥着言情类的文学作品或是一些名著之类，即使是那种近视超过一千度的书呆子……

"你特别喜欢这类神秘事件的书吗？"我向拿着可乐走出厨房的苏迎问道。顺着手指一一看去，都是《世界四十九大谜》《麦田里的怪圈》《百慕大奇闻》之类的书。

"是啊！"苏迎显得兴奋起来，"我从小时候起就特别喜欢这类书，尤其是关于大海的。"

我再看下去，然后是一本本巨大的《海洋知识百科》《海洋生物图鉴》等。关于海洋的书占了大部分，有些是科普的知识读物，介绍巨大的

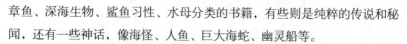

章鱼、深海生物、鲨鱼习性、水母分类的书籍，有些则是纯粹的传说和秘闻，还有一些神话，像海怪、人鱼、巨大海蛇、幽灵船等。

"真不简单。"我赞道，"没想到，你还算是个海洋学家。"

"不对。"苏迎摇了摇头，从书架上抽出一本《失落的亚特兰蒂斯》翻弄着，"用现在的话来说，我只能算一个海洋的追星族。依我说，这个世界上没有人能算真正了解海洋的海洋学家。人类现在所能了解的，只是很小一部分而已。"

"哦。"我对她的这种论调有点不以为然，但也不得不承认，大海确实充满未知数，对人类来说仍然是神秘的象征。

"你知不知道沉没的亚特兰蒂斯？"她抬头问我。

"知道啊。"我省略了下半句，"看过那部动画片。"

"你相不相信这种学说？其实，亚特兰蒂斯的居民现在仍然在海底生存得好好的。他们已经进化成了真正的海底人。"

我想了想，不忍扫她的兴，笑道："有可能吧。"

苏迎也笑了笑，说道："我相信。"

我发现，她注视我的时候，表情中显出一股执着，不禁觉得有些好笑。虽然我经历过许多匪夷所思的、不可思议的事件，但我很清楚，很多未知的事件存在太多的可能性，往往最终的答案是出人意料的。真正的奇异事件是往往发生在身边而自己没有发现的事情，而不是那些遥不可及又毫无根据的传说。看苏迎纸上谈兵式地讲述神秘事件的种种，我觉得她毕竟还是个孩子，有她幼稚可爱的一面。

苏迎显然找到了她中意的话题，开始不断地和我聊起大海方面的话题。

"你知道塞壬吗？"

"知道，传说中唱歌吸引水手跳海的女妖吧。"

"我猜她们是海底的居民，跳下海的水手一定是受邀请去了她们海底的国度。这可以说明，早在几千年前海底人就存在了。传说都是有一定根据的，不是吗？"

我觉得，她真有写小说的天赋。

"唔，可能吧。"

"我认为儒艮根本就是那群找不到人鱼的人给自己找的借口。"

"唔，可能。"

"你不觉得水母是世界上最漂亮的生物吗？很多人都这么认为。"

"也许吧。"

"你说，中国的海域里会不会也有沉没的海底城？"

"大概会有吧。"

"一定有吧，中国沿海也有那种海沟的地形啊。一定会有海底人生存的。"

"海……海底人……"我已经有些接不上口了，简直是小学生的对话。

"海底人啊，现在有好多科学无法解释的东西吧，我觉得海底人就是现在未被发现的一环。现在不是说按进化论排出的进化树上还有很多问题吗？有好些空缺或是衔接不当什么的，加入海底人可能就完整了。"

我不知怎么回答，心中更惊异于她古怪而宽广的知识面。

"从两栖动物开始，你不觉得吗，可以有两个进化方向，为什么非要上陆呢？"

由于我一直不搭话，看她看我的眼神，估计是对我的学历和知识产生了怀疑。

"那是和呼吸系统有关的吧。"我故作镇定地回答，"因为对氧气的需求增加……"

"那你一开始就认定，生活在陆上是比水下更为先进的生物形态啦？"她看起来竟然有些不悦。

"哦……这很难说吧。"

"我觉得，海底人可能是一种更具智慧的生物吧，住在那么美的地方……"

她滔滔不绝地说着，让我体会到了考古队队长张强面对一群群记者时的压力。然而苏迎对我一直同意她的论断非常高兴，丝毫没有停下的意思。我也继续任她在自己想象的海洋中肆意遨游。看得出，她不是想和我讨论什么，只要我一直听着就行了。

　　不知不觉中，已过去了好几个小时，一晃已经是十一点多了。我趁她中断的时候，起身告辞。

　　她笑了起来："真是不好意思，烦了你这么长时间。"

　　"哪里。一点儿也不烦。"我向她告别。

　　我正要走出门口，忽然她又开口问道："你想不想知道昨天晚上我在那儿干什么？"

　　我呆了呆，随即点头。她的思维跳跃性实在太强，我猜不透她接下来又会说什么。

　　我等着她给我答复，她却沉默了一下才开口。

　　"我在找海底人。"她一本正经地说道。

　　我着实愣了一下。她刚才的话中十句有五句都提到了海底人，没料到她现在又有此一说。我左看右看，她不像在开玩笑。

　　"在那……工地？"

　　我忽然想起，那不是普通的建筑工地。

　　"难道你认为，志丹苑考古会和海底人有关？"我问道。

　　苏迎"嘿嘿"笑了两声，甩了甩头发，转过头望着窗外说道："这个世界有着无穷的可能性，不是吗？"

　　她的眼神中再次露出令人猜不透的光，我一时不知怎么回答。

　　我回到楼下，感到一阵疲倦。一开始不习惯苏迎说话的节奏，精神上相当疲劳。以前有位军事专家说过"精神攻击最重要"，一点也不错。

　　我匆匆洗漱了一下，躺倒在床上，却一点睡意也没有，脑子里都是刚才苏迎讲的话。看起来，她十分执着地认定有海底人存在，而且有一种近乎崇拜的态度。再说得厉害一点，几乎算是一种信仰。我脑袋里以前从来没有"海底人"这个概念，谁知今天被一个美女强行灌输给了我，还反复强调。我又想起她任由家里水漫金山这件事，总觉得这个漂亮女孩的行为言谈处处透着怪异，让我看不透。

过了不知多久，我被一阵凄厉的尖叫声惊醒。再听之下，我可以肯定那是猫的嘶叫，和昨天听见的相同，绝不是思春时如婴儿般的哭叫声或是充满敌意的吼叫，好像是受伤时发出的哀鸣，声调非常高，甚至有些嘶哑，声声充满痛苦，越听越觉得古怪。

我懒得爬起来出去看，因为我不可能抓它回来看个究竟。然而，那只猫却仿佛意犹未尽一般，竟然在窗外——估计离我门口不远处——叫了大半夜。

是不是被卡车轧死了以后，冤魂不散，半夜哀叫？我所见的只是它的灵魂？

我躺在床上翻来覆去，但脑子还算清醒。我的第六感，一向不大敏锐的第六感站出来告诉我，有什么事情正在我身边发生着。

第三章

从北京来的考古专家

Chapter 3

第二天将近中午时，我总算补足了睡眠。说来真的很奇怪，一旦阳光照在身上，自己就会觉得昨天晚上的那种想法不现实。于是我暂时将不安扔到脑后，准备今天的工作。

回想昨晚的经历，也许是人一到夜晚就会比较容易胡思乱想罢了。苏迎大概只是一个想象力丰富的女孩子，这很正常。

暂时摆脱那个奇怪的女孩，按照计划，我今天要采访一位真正的行家。

我拨通了那位叫阮修文的考古专家的电话。电话里的声音比较客气，原来他一早便到上海了。下午他很忙，于是我约他在他的宾馆房间里，晚上进行采访。一问之下，他住在希尔顿酒店。我不禁有点吃惊，因为那可是一家五星级酒店。

接下来的一整个下午，我在家恶补基础的考古知识，拼命浏览相关网页。做采访之前，记者要做大量的准备工作，准备相关问题，了解基础知识，不然到时候听别人大讲天书，不但自己出丑，报社的面子也会丢尽。这一点上，我还是比较敬业的。所以记者所学往往杂而不纯。

顺便地，我也在网上看了一些关于大海传说的东西。毕竟在和一个美女聊天时一句话也插不上，只当听众，实在显得有些无能。小小的虚荣心可以原谅。

在前往希尔顿酒店的路上，我忍不住做出种种猜测。这个阮修文好像非同一般，国家的考古机关哪有这么多钱让他们的考古学家住高级酒店？就算是高级干部，也未必有这种待遇啊！另外，他应该是相当有本事、有身份的，不然北京怎么派他一个人来，总不能是觉得上海这边在单方面夸大考古的重要性？我胡乱猜想着，不知不觉已经到了华山路。我按他给我的房间号，敲开了他酒店房间的门。

"你就是那个《晨星报》的记者？"阮修文彬彬有礼地向我伸出手来。我趁机端详了他一下，他身材瘦长，皮肤相当白皙，戴着圆框眼镜，目光相当锐利，给人精明能干的感觉。这形象与我先前所见的考古学家都不相同，那些人有的总是一脸严肃，有的看上去饱经风霜，和他一比，都像建筑工人一般。我当然不是诋毁张强他们，而是阮修文确实非常特别，既不像学究型的学者，又不像总在工地开工的工人。我做了自我介绍，便和他握手。

"你们记者真是神通广大。没想到，我刚一到上海就要接受采访。"阮修文笑着招呼我坐下，"我来这里的事，原本很少人知道的。"

"还有其他媒体的记者采访过你？"

"这倒没有，你是唯一一个。"

我暗自得意，这次总算可以做一篇独家采访，接下来就看这位远道而来的专家有何高见了。阮修文的衣着看上去比较休闲，但相当有品位，说起话来也比较随意，还没等我发问，他先开口道："其实这次上海方面同意让我来参与，我已经感到很高兴了。"

"你是考古协会派来的吧？"我边问边掏出记录用的笔记本。

"啊……是的。不过是我主动提出要来的。我这次来的主要原因是，我对这次发现的这座遗址十分好奇。你也知道，在上海市区有这样的发现，在近几年的中国考古界内算是很大的新闻。而且，我的身份比较自由，可以随便走动。"

"可以请教你在考古协会的职位吗？"

"我是自由考古学者。就是基本上自费进行考古活动，只是在中国考

古协会挂个名而已。"

"哦！"我衷心地发出一声赞叹。这样的职业我只在电视或小说里看见过，好像也有真实的从事这种职业的人，但是从事这种职业，一定要有几分家底，不然怎么担负得起大笔开销？

"那你平时就纯粹凭自己的兴趣选择研究对象了？是不是就像那部《夺宝奇兵》一样探探险、寻寻宝呢？"我好奇地问。

"偶尔吧。我们的生活绝不如你们想象的那么有趣。我也很喜欢那部电影，有时间我们可以慢慢聊。"

我笑起来，接着意识到我此行原本的目的。

"我听说，你这次来的主要目的是对志丹苑遗址的用途和建成年代重新考证，是吗？现在存在哪些分歧呢？"

"确实如你所说。至于分歧嘛，主要就在几个方面，比如说年代。我来这里之前，官方发布的说法是元代，对吧？"

"是的。"

"其实那只是非常模糊的判断。他们主要的依据是现场发现的铁锭，有一种说法是，这种形状是在元朝时改进的。但从其他方面来看，还是有很多矛盾的地方。比如说扈渎垒，本身也是学术界有争议的问题。事实上，我听说之前送了一只铁锭到北京去进行同位素测定，但即使结果出来了，也不能做出任何结论性的判断。"

"哦。是同位素测量技术的问题吗？像误差之类的？"

在采访之前，我的准备工作不是白做的。

"可以这么说吧，因为同位素测量的结果还是会不可避免地有数十年甚至上百年的误差，而元朝你也知道，历史本来就短，很可能就是明朝时的人沿用元朝旧物或者宋朝时就已经有了这种铁锭。所以年代问题的分歧，还要根据接下来的工程进展做进一步研究。

"其实在考古工作上，往往在无法知道事实的情况下，我们并非在寻找哪种说法最接近事实，而是在寻找哪种说法能得到更多的证据支持。因为一般来说，后者就可以代表事实。"

"我懂了，还有遗址的用途，如果不是水关建筑，又有什么其他的可能性呢？"

"这才是最令人想不通的。"阮修文耸了耸肩，从身边的桌上拿起几张照片，"在北京时我就听说了，今天下午亲眼见识到才相信，这些建筑建设之精巧绝不仅仅是水关建筑这么简单。"

他指着照片上几处木柱的架构处说："像这些堆架的构造，在同时代的建筑中是绝无仅有的，绝对不是为了牢固，而是有其他不可知的原因，也许是装饰，总之显得十分精巧，而且非常工整。无论怎么想，用何种解释，都难以说清为什么要大费周折地将它造成如此规模。可以肯定的是，没有投入大量的人力、物力，是绝对无法建成这座建筑的。"

阮修文说话时，给人以咄咄逼人的感觉，这也和我先前遇到的那些说话一句一停、慢条斯理的考古学者完全不同，而且相当有说服力。

"这么说，存在彻底推翻原有结论的可能性喽？"我迅速地在笔记本上记下。

"我认为有可能。"

"我们记者要的就是这个。"我笑道。

"你看这些青石板，基本上我们排除了日后形成的可能性。可是明明已经有了阶梯，还要打木桩、铺石板，这不是很奇怪吗？依我看，这简直是一种奢侈，这种情况大多出现在达官贵人的墓中，水关则绝不可能。"

我表示明白地点了点头，随口说道："那不是和金字塔一样奇怪了吗？"

"有那么一点点相似，但没那么不可思议。我认为只要再等几天，再有一点进展或许就能得到解释。"阮修文笑起来，"关键就在于建造者究竟是谁无法得知。老百姓和官府都不可能。从目前做出的对建筑动机和建成年代的判断来看，找不出什么合理解释，所以我才来这一趟。不是最棘手的事情，我是不会千里迢迢跑来的。"

"会不会是皇家的人，某些皇亲国戚督造的水关建筑，于是大肆挥霍铺张，非要弄成这样不可？"

"不可能。"阮修文否定道，"要知道，无论是历史上最为繁荣的唐，还是科技和文化都得到相当发展的宋，当时的上海这里一直是非常荒僻的地区，而当时所说的江南也和这里有相当的距离。无论怎样，和皇帝是扯不上什么关系的。"

我在脑中想着建造者的种种可能，忽然想到很多人都认定金字塔是外星人的杰作，那么志丹苑遗址也许是海底人建造的也说不定。我不由得苦笑了一下，我现在采访的是一位考古学家，不是天真幼稚的女大学生。这个荒唐的念头立刻被我抛下。

"会不会是举行某种仪式，像祭祀啊什么的？我记得以前小时候就读过这样的古文，好像是西门豹什么的……"我又随口问道，还没等阮修文开口，我随即又否定了自己，"哦，我只是随口说说，我一时忘了这是在河里，在水底下的，呵呵。"

听了这句话，阮修文忽然看了我一眼，目光闪动，好像想到了什么。然而他目光中的灵动转瞬即逝，只是笑着对我说："那多先生，你可真有意思。"

在轻松的气氛中，我们结束了这次采访。阮修文确实与一般的考古学家不同，可能他的考古知识更多地来自亲身的经历而不是书本，因此他不像别人一样，说话时总爱夹杂大量生僻的专业名词，而是会简单地提出自己的一些假设和推论，非常健谈而且风趣。

前面说过，我不是那么勤奋的记者，很少会把当天采访的东西当天写完。反正据阮修文所说，只有我一个记者去采访他，知道他的人也不多，而且像他这样的人，估计即使接受多次采访，也不会一再重复同样的内容。所以这是我的独家报道，稍微放一放，拖个半天也没问题。于是，我直接回到志丹苑，打算明天再赶去报社完成稿件。

到达志丹苑的时候，已是晚上九点多了。我发现我经常在志丹苑的夜晚出入，对这里的夜景已是熟记于心。那边的工地刚刚停工，小区里不少人家的灯都亮着，但走在路上还是一片寂静。我下意识地注意有没有那只困扰我的黑猫的踪迹，一路东张西望地走到楼下，一无所获。

"那多！"一个清脆的声音传来，吓了我一跳。

抬头一看，苏迎正从二楼的窗口探出头来，似笑非笑地看着我，头发直垂下来："刚下班吗，上来坐坐吗？"

由于今天得到了独家资料，我的心情还算不错，于是欣然前往。来到苏迎家门口，门开着。我一进去，就看见苏迎正在喂鱼。巨大的水族箱中，那十几条各色的海水鱼此时正纷纷聚拢在苏迎身前争食。

"嗨！"她看见我，向我打招呼，"坐啊！"

我在沙发上坐下，问她："什么事，还没等我进家门就叫我？"

"没什么事，你今天晚上还要忙工作吗？"苏迎在我对面一坐，双手抱膝，静静地看着我。

"不，我今天没什么事了。"

"其实，我觉得昨天和你聊天真的非常愉快，我从来没和人聊天聊得这么开心。今天你要是没什么事，再一起聊聊好吗？"

我笑起来，直了直身子："你在学校里没人陪你说话吗，怎么就拉着我一个半陌生的大男人穷说？"虽然嘴上这样说，但我心里还是不禁暗自得意，看来我的魅力还是相当大的，居然吸引了这么个美女缠住我不放。这可不是我自我感觉良好，每次都是她先主动邀请我的，这是事实。

当然，她说聊得开心……恐怕只是单方面而已。

"不算陌生了吧？"

对于我这句略带调侃的问话，苏迎只是笑了笑，用手梳理着长发，没有直接回答。

我清晰地感觉到，她有些孤独和寂寞。但就现在而言，一般的女孩如果孤单寂寞，大多会选择电视和网络，上上网和别人聊天应该更加放松，没有压力，而且说不定还会碰上与她同样的"海底人狂热分子"，加入某个俱乐部什么的。现在她放弃这两大消遣的途径，这么积极主动地邀我上来聊，莫非，莫非这个美女看上我了？我不禁再看了她一眼，苏迎长的就是一张明星脸，而且还是非常难能可贵的不化妆、不打扮的那种自然美。不会我真是交桃花运了吧？

我本人是很享受自己的私人空间的，因为我不喜欢被各种乱七八糟的规矩束缚，所以才一个人租房子住。有些自律的人一直强迫自己过军营式的生活，我如果过这种生活，估计不出几天就会疯掉。现在美女有要求，我当然不可能拒绝，但这样下去，她要是天天晚上邀我上楼，我也吃不消。再说，最可疑的一点是，一个像她这样的美女，怎么可能有如此的孤独感？昨天在她家待了那么长时间，她一通电话都没有。照理说，如果她的周围拥满狂蜂浪蝶，那也毫不奇怪，而且她又拍过广告，上过电视，在学校怎么也该算是个校花，再不然也该是风云人物，这令我百思不得其解。

"今天你都做了些什么工作？你们记者平时都挺辛苦呢。"苏迎问起我来。

"哦，我今天去采访了志丹苑考古的进展情况，哎，其实……"我说着，突然发现苏迎全神贯注地盯着我看，我立刻联想到那次她说找"海底人"时的样子。

"怎么了？"她有些焦急地追问。她这样看着我，使我有些不自然。我清了清喉咙，决定用我得到的资料来打消她奇怪的念头。

"其实进展还是相当慢的。这次采访到的东西和上次没多大分别。不过今天来了一位考古专家，是来重新考证一些还存在分歧的细节的。"

"那关于遗址的建造者啊、用途啊，有什么新发现吗？"

"用途方面还有待重新考证。不过基本上可以肯定，它是元朝时期左右的建筑。其他方面还是和原来差不多，要说新发现，倒是听他一说，好像新疑点比较多。"

"什么疑点？"

"就是那些铁锭啊、木桩啊什么的，被那位专家一说，好像每件都变得可疑了。具体结论也还没下，要过几天再看。"

苏迎的神情有些失望。不过，她随即又十分积极地对我说："你还会采访下去吧？下次有了新进展一定要告诉我！"

她的这种态度让我有些不自在，好像在向我施加某种压力。

"为什么你这么在意这次考古呢？"我问道。

苏迎甩了甩头发，调整了一下坐姿，然后用一种近乎郑重的口气说道："我倒有些想法，我向你提过的海底人，还记得吗？"

我不由得暗叹了一口气，我猜得没错，又是海底人。即便如此，我还是回答："是的。"接下来她说的那些，我猜也猜得到。

"我想，"苏迎一字一句地说道，"这里会是什么人造的呢？说不定这个遗址就是以前海底人建造的。我认为这里可能是海底人进行祭祀啊、庆典啊之类的活动的地方。"

我不由得觉得好笑。由于刚才和阮修文谈过话，脑中充满的是对志丹苑理性的分析认识，所以现在在我看来，苏迎的想法简直是无稽之谈。

正如我认为的，苏迎对海底人的执念真的达到了一种信仰的高度。比如，基督徒会把一切归为上帝的力量，而佛教徒则认为是佛祖保佑。苏迎则把事件都归到海底人的方向上。于是所有得不到解释的事物，她都会联想过去。我不禁想立刻结束谈话。

苏迎仍然饶有兴趣地说："我觉得这个可能性很大……"

我想说一句"那你怎么不说是外星人造的，依我看这个可能性同样很大"，不过还是忍住了，只是冷静地问道："你有什么根据吗？我是指实质性的证据。到现在为止，还没有任何迹象表明有人类以外的因素参与吧。"

我的语气一加重，她立时安静下来，看上去似乎是哑口无言了，又似乎是欲言又止。我耐心地等待她的回答，一时间两个人都陷入沉默。她抿起嘴唇，神情渐渐显得有些不愉快。

我见她这样，忙说："不过今天那位北京来的考古专家真的很有意思，人很文气，又很健谈……"

苏迎显然对我后来的话不是很在意。她有些怔怔的，看来还是对我反驳她的观点耿耿于怀。但我确实觉得她的想法离谱，而且我觉得我采用的方式已经非常客气了，索性也就不再多说话。

就这样僵持了一会儿，我起身告辞了。她也不说什么，我颇为无趣地独自下楼，思忖着我是不是过分了，搞成这样不欢而散。

躺在床上，我在心里稍微假设了一下，也许苏迎确实知道些什么秘密，只是不便说出，所以坚持认为志丹苑遗址与海底人有关。可事实上，这种可能性微乎其微。我还是觉得，苏迎只是个爱幻想的女孩。

第四章

九命黑猫的末路

Chapter 4

由于天气闷热，半夜里，我睡着没多久，一阵刺耳的叫声又把我吵醒了。我想还是那只猫在哀叫，直到天亮叫声停止了，我才又勉强睡着。到了将近中午，炎热的天气又把我热醒，这次无论如何都睡不着了。于是，我打起精神准备去报社上班。中午去上班对我来说是常事，只有新人或者白痴才会常常打着哈欠早早地赶去报社。

走到小区门口我已是满身大汗。在这种天气下，人总是异常懒惰，所以我理所当然地打了一辆出租车去上班。坐到车里，空调冷风一吹，脑子终于清醒了不少。我想起昨天晚上的事，不禁开始猜测今天晚上会不会再受到邀请去楼上做客。看昨天的样子，我好像严重打击了苏迎的积极性。想想自己也觉得好笑，昨天还在担心以后每天被叫上楼的话，自己没了私人空间该怎么办，今天却在想是不是不会再有机会和她聊天了。这也许说明，我这个人感情过于丰富，喜欢胡思乱想。

正在这时，我的手机响了，一个陌生的号码。我按下了通话键，电话那头响起的竟然是苏迎的声音。

"嗨，那多？"从语调来看，她好像已经没事了。

"苏迎？"我略感诧异，"有什么事吗？"

"意外吗？我是在你的名片上看到你的号码的。你下午有没有空？"

"哦……应该有吧。"我想，不会又要找我去聊天吧。

"是这样，下午有空的话，来上大（上海大学的简称）游泳池游泳吧，我请客。你只要带上泳裤、泳帽就行了。"

这倒是出乎我的意料，但这么热的天，游泳确实是一项极佳的消遣。

"其实是因为我暑假前买了一大堆票，结果要拍戏一直没空去，再不去的话这些票就白白浪费了，太可惜了，你帮我分担一点也好啊。"苏迎听出我似乎在犹豫，连忙向我解释。

"好啊。"我也不知怎的，鬼使神差地就顺口答应了下来。

"太好了，不见不散啊！你认识路吧？"

"认识，到时候见。"

和苏迎约好了时间，出租车也已到达了报社。我很快着手写关于阮修文昨天采访的报道。

写到一半，我又开始考虑苏迎的问题。现在我和她的接触相当频繁，而且每次都是她主动相邀，我虽然并不反感和她单独相处，但也没有什么非分之想。既然如此，我是否该检点一点，若是晚上老往一个单身女大学生家里跑，被人知道的话，我恐怕会成为报社内部的新闻焦点。以后该以何种姿态和她相处，需要好好地考虑一下。

但是，苏迎是个美女。老实说，如果苏迎长得差强人意或是毫不出众，我肯定会毫不犹豫地下决心与她划清界限，坏就坏在她是个美女。她似乎是主动贴上来的，这样的机会对一般的男人来说，都是得之不易、弃之可惜的。

美女就是这样麻烦，难怪有红颜祸水这种说法。

但是，无论怎样，我都已经答应苏迎下午陪她去游泳，答应了是不能反悔的，以后的事情嘛，就走一步看一步了。我这样告诉自己。可能这种想法有点不负责任，但这是男人的普遍心理。说服自己以后，我迅速写完了稿子，走出报社叫了一辆出租直奔上大。

到了泳池里，我才有了"不虚此行"的感觉。当然，我不是指上大女生的比基尼。苏迎的泳技可以说达到了非常高超的地步。来到泳池边，我还没来得及细细打量苏迎的美好身材，她已迅捷地一下子扎到水里。我下水时，她竟然已经游到了十米以外。她回身招呼我，又是一蹿，游回我的身旁。不光是速度惊人，她自由泳的摆臂姿势和打水动作都异常优美，并且迅速。她从水中抬起头来，将长发向后甩起，立刻吸引了泳池内的所有人，尤其是男生的目光。她自己好像毫无知觉，笑得非常大声，然后又一头扎进水里。

这回她许久没有上来。我不由得吓了一跳，心想不是出了什么事吧？环顾整个泳池，又过了一会儿，我才看见苏迎在遥远的深水区浮出水面。

我看了看，她大约一口气潜泳了五十米。我暗自纳罕，一路游到她身边，她又在水里做了几个翻腾的动作，抬起头来，意犹未尽地对我说："这个泳池太小了，真不过瘾。我一口气潜泳个一百米都没什么问题。"她一点气都不喘，说话也若无其事，让我觉得简直有些恐怖。我原本答应苏迎来游泳，很重要的一个理由就是游泳是我的长项之一。我小时候学过一段时间游泳，我记得还被老师称赞过。

但现在苏迎让我汗颜不已，她的身体变得像泥鳅一样滑溜灵活，在水里翻腾自如，却不会溅出很多水花。我简直怀疑她是不是蛙人出身。

又是"扑通"一声，不知道苏迎又在玩什么花样。她不停地游来游去，或故意溅起巨大的水花，发出巨大的声响。从认识她到现在，我从未见过她露出如此近乎疯狂的开心的表情。

苏迎在泳池中的表演，使她成为泳池中的焦点人物。不少男生目不转睛地盯着苏迎看，时而怀疑地朝靠在池边的我瞟两眼。女生则纷纷向苏迎投去嫉妒的目光，交头接耳，然后有的就开始大骂男友。

我忽然生出一种十分好笑的想法，苏迎的水性不会是整天泡浴缸泡出来的吧。随即苏迎几天来的言谈一幕幕映入我的脑海中，而我正好在问自己一个问题：她水性这么好，到底是在哪里长大的？一个荒唐的念头在我的脑海中闪过，随即被我排除了。不可能。虽然她对海底人有非正常的热情，总说海底人，水性又好得出奇，但这些不能说明什么。从泳池出来，苏迎看起来似乎还未尽兴，又与我说起一些海洋的知识。我随口应和着，继续思量苏迎的来历。我想，也许是因为她对海洋的热忱使她特别喜欢游泳罢了。不多时，我们走到了校园里的大道上，来往的学生越来越多。

我忽然意识到，我们一起这样并肩走，被她的同学看到的话，她也许会有些麻烦，但看她毫不在意的样子，我不便先提，否则就显得我心虚了。她先开口道："啊，那些是我的同学。"说着向远远走来的一群人指去。

我正想怎样解释以避免尴尬，却看见那几个苏迎所说的同学迎面走来，面对苏迎的招呼，态度显得有点冷淡。有的故意把眼神移开，只有几个人微微点头，然后用一种很奇怪的眼神看着我，我不禁有些不自在起来。

对于她同学的平淡回应，苏迎一副无所谓的样子，似乎是习惯了。看起来她的人缘好像不太好。我又想起她有时给人的孤独的感觉，也是因为这个吧。这样的美女居然会有这么差的人缘，难道上大美女都已经供大于求了？我四下观察来往的众多女生和一对对情侣，并未显示出如此的迹象。

也许是因为她是美女才会被女生孤立吧，我回想起她在泳池中的表演，暗自忖道。

我想起我在过大学生活时，只有当遇见那种平时从不与人交际、待同学极其冷淡、只知闷头读书的同学，他的身边走着一个美女的时候，我们才会这样子。随即想象，可能苏迎在学校里的人际关系就是如此。

快到校门口时，苏迎一下子想起什么，轻喊一声。

"怎么了？"我问，心想她又玩什么花样呢。

"我有东西忘了拿，留在寝室了。你先回去吧。"

"寝室？"

"我以前是住寝室的，因为想自己一个人住，几个月前搬了出来，但是没来得及退宿，还有不少东西留在寝室里。"

"哦，好吧。"我心想，我要是再跟到她寝室，那就更说不清了。

"晚上再聊哦。"她又加了一句，"晚上回家再见！"

"啊？好。再见！"我只得答应。

回到志丹苑小区，又已经是傍晚了。毕竟是刚游完泳，我的精神还十分爽利。然而我刚走到楼下，还未回忆起那只令人不快的猫，耳际又听到一声猫叫。

这声猫叫凄厉尖锐，正是我两晚来听惯的，但这次声音竟然发自头顶。我抬头一看，赫然发现一团黑影正从十二楼顶上直扑而下，还夹带着嘶叫声。我连忙地，其实是本能地往旁边一闪，就在这一瞬间，那团黑影"扑通"一声摔在了地上。

我着实被吓了一跳，余悸未消之际，仍分辨出确实是那只久违了的黑猫。它重重地摔在地上，已经摔得有点扁了，像是一坨黑色的泥状物体，虽然不至于像那次被卡车轧扁那般夸张，却也已是惨不忍睹。但这次，它一点血也没吐。

我壮着胆子走近一步蹲下细看。这只黑猫连脸部都摔得变了形，一动不动。我想，如果这就是那只被卡车轧扁的黑猫，会不会这回也没有死透，还会留下一口气？

又过了半晌，它还是一动不动。我伸手碰了碰它，略微一摸，不由得又吃了一惊，它全身的骨头竟然都摔断了。我再摸一下，不对，它全身竟然没有一处感觉得到有骨头的存在，软绵绵的，是一只……软骨猫！

如果不是身上的毛，我一定会以为我抓住了一条蟒蛇的身体，或是巨大的泥鳅，就是这种质感。有些惊惧更有些好奇，我拎起这只猫，发现它刚才摔得变形的肢体好像又恢复了形状，有如橡胶做的一般。更令我诧异

的是，它连头壳都是软的，感觉简直可以弄成任何形状。难道就是因为这样，之前卡车也没能轧死它？而且它竟然还有呼吸，透过身体可以感受到微弱的一起一伏的心脏的搏动。

正当我满腹狐疑时，手里的这只猫突然睁开了眼睛，眼里好像闪着微弱的萤光，原本软软垂着的爪子猛地抬起，"喵"的一声，狠狠地抓了我一下。我大惊之下，加上手上疼痛，松手退后，一看手上已经被抓出了三条血痕。那只猫"啪"地摔在地上，然后竟又颤巍巍地站了起来，蹿进了旁边的草丛中。但它四肢的关节明显弯曲得不正常，让我更加确定了它是一只软骨猫的结论。被卡车轧、从楼上摔下都不死，但它跑起来却是摇摇晃晃，这只猫究竟为什么会变成这样子？我记得刚才那只猫的一双眼睛，它们射出的是一种悲哀的眼神，似乎还带着泪光。我不由得长长舒了一口气。

而且，它究竟想要做什么？难道它从十二楼跳下竟然是要袭击我？可又是为什么呢？

我抬头向楼顶看去，仿佛听到嗖嗖的猛烈风声，心中不寒而栗。

我正惊疑不定之际，手机又急促地响了起来。一看来电是苏迎，她看起来还留在上大，但不知怎么了。每次她都会给我添新的麻烦。

"喂，那多啊，你快……快来上大啊！"电话里，苏迎的声音听起来非常惊慌失措，有些上气不接下气。

我十分惊异："怎么了？发生什么事了？"

"怪……怪事。好可怕啊，这儿出怪事了，快过来！"我还能清楚地听见电话里传来的苏迎旁边女生的阵阵尖叫。我刚刚经历了一件怪事，神经又一下紧绷起来，一边急急地向小区门口跑去，一边问："到底是什么事？"

"蟑……蟑螂啊！你快来，快来！我在 1 号楼 308！"

随着一阵越来越响，似乎是由远及近的尖叫，苏迎匆忙挂掉了电话。我也来不及细想，便匆匆上了出租车。

在车上我猜想着，蟑螂确实很恶心，对女生有致命的杀伤力，但是应该不至于造成这么大的混乱，难道说是几万只蟑螂一起出现？我想象着地面上黑压压的大片大片的蟑螂奔涌而出，瞬间布满房间走廊的情景，不由得阵阵恶心。这种画面好像只有在好莱坞电影中才会出现，应该不太可能。虽然苏迎十分惊慌地说"怪事"，但若是真有那么多蟑螂出现，估计那些女生早已全数吓得晕死了。然而我又不可避免地想到那只软骨怪猫，一时间只觉得脑中一片混乱，只好先去了上大再说。也有可能是苏迎比较神经质，喜欢大惊小怪。尽管如此，我还是祈祷满是蟑螂的画面不要出现，因为那样我赶去也只是吓个半死，无济于事罢了。我还是希望能在美女面前表现得英勇一点。

好在我以前去过几趟上大，很快便赶到了苏迎所住的女生宿舍楼。远远地便能听到阵阵尖叫，一大群人围在楼下，不时有男生冲上楼去，想必是被女友叫来的。我赶到门口，守门的大妈还在拦阻门口要往楼上赶的男生，我向她亮出了记者的证件，说要去看一看，她立刻放我进去。我往楼上跑着，听见大妈还在说着"活了几十年都没碰上过这种鬼蟑螂，真是邪门"之类的话。我也顾不上这儿是女生宿舍楼，不由得加快了脚步。

整栋大楼灯火通明，尖叫声不绝于耳，楼梯上不断有人跑下来。好多男生牵着女友跑下楼并说着安慰的话，也能听到一些男生在大吼："踩！踩死它！"

我来到三楼，一路上许多寝室都是鸡飞狗跳，然而我想象中的蟑螂铺天盖地的景象并没有出现。一只蟑螂从我脚边爬过，我看与普通的蟑螂没什么两样，顿时放下心来，还觉得有些好笑。

我很快来到苏迎寝室门口，苏迎见到我犹如见到救星，急忙躲到我身后，她的一些室友也纷纷站到我后面。这时我看见房间里确实有三五只蟑螂转悠着在地上爬。

我忍不住笑了起来，一边说"这有什么好怕的"，一边抬脚就踩下去。

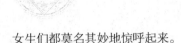

女生们都莫名其妙地惊呼起来。

然而踩住蟑螂时我感觉有点怪异，没有听见清脆的"咔啦"一声，感觉好像踩住了一块橡皮糖一般，它在脚底下还在有力地蠕动。我抬起脚来，它竟然还若无其事地在地上爬行。

这下我大吃一惊，又奋力踩了几下。那蟑螂除了每被我踩一下就加快几分爬行速度以外，一点事也没有，好像更加生龙活虎了。这情景使我再次想到那只软骨猫，卡车轧不死的猫和踩不死的蟑螂，难道蟑螂也和猫一样，变成了拍不死的软体动物？我不由得一阵恶心。

就在这时，有一只蟑螂爬进了一个打开的抽屉。苏迎的一位室友尖叫了一声，跑上前来，想要保护自己的抽屉。眼看那只蟑螂爬向一沓信封之类的文件，那个女生从抽屉里拿起一把水果刀，尖叫一声切了下去，一刀把蟑螂切成了两半。这一刀切得很准，但是造成了反效果。那只蟑螂身首异处之后，分成了两半，速度丝毫不减地爬行，脑袋带着几只残肢爬出抽屉，身子的大部分还在里面打转，然后很快地从抽屉的另一边爬了出来，绝不像是死前挣扎，而是活力充沛的样子。这么一来，简直好像多了一只蟑螂一般。

两个半只蟑螂分头爬来爬去，爬到我的脚边。我本能地又狠踩了几脚，毫无效果，但我总得保护一下身后的女生，于是起脚把它踢开。看它们很亢奋的样子，我感到一阵毛骨悚然，苏迎和她的室友们纷纷掩口。

现在我确定，这绝对不是我们平时所了解的蟑螂，也许是蟑螂的某种变异体。它不但像那只猫一样变成打不死的软体生物，甚至能够在分体后继续生存，生命力实在强到了令人恐怖的程度。一般的昆虫也许分体后会动弹一下，但仅仅是动弹一下而已。我已经没有办法猜测它们变异的原因，只能预想：好像恐怖电影中的生物变异，又好像惊悚恐怖故事中被僵尸咬伤后也会变成僵尸去咬人的连锁反应。先是猫，再是蟑螂，然后会是什么？

而且，变异了的蟑螂一下子全都钻了出来，也使我想到那只猫对我的突然袭击。莫非它们都是由于同一原因而变异？

我还没来得及做具体的联想，走廊里传来看门大妈的喊话声。原来校方反应极为迅速，已经找人配好了杀虫药水，准备进行全楼喷洒，但杀虫水的毒性非常强，现在要求所有人马上撤离大楼。于是，所有人争先恐后地逃了出去。我看到苏迎脸色苍白紧咬下唇的表情，估计是受了惊吓，便想说什么安抚她一下，却想不出用什么来解释这宗离奇的事件。

我和苏迎打车回到志丹苑。一路上，我脑中翻来覆去地想着那只猫被卡车轧过和那只蟑螂被斩成两段后分开爬来爬去的画面，真是恶心。然而真正的原因还是一个谜，这个谜让我感到惶惶不安。这时车停下了，我望见离门口不远的考古工地，隐隐觉得其中必然有隐藏的关联。

本来在我住进志丹苑之前一切都很正常，但就是这短短的几天，发生了这么多怪事，我唯一能联想到的就是考古事件。这应当是一种直觉，其实我现在觉得，也是一种自找麻烦的恶习。可没有迹象表明这些怪事与考古有关，我还是应该多考虑猫和蟑螂之间的潜在联系。

走到楼下，一路上一言不发的苏迎忽然开口道："那多，能不能到楼上坐坐陪我一会儿？"看来她惊魂未定，这种情况下，我当然不能拒绝，便陪她一同回到了她家中。

一走进她家，最先映入我眼帘的还是那只巨大的水族箱，然而今天只有零星的几条鱼在缸内冷冷清清地游荡。也许是这两天她无心喂养，鱼死了不少吧，这种事已无关紧要，我也不想问苏迎。我们坐下来，我发现苏迎的神色已经平静了许多。我决定告诉她那只猫的事，一来可以让她帮忙想想，二来我也需要缓解一下精神上的压力。

"今天怪事真是多。"我摇头道。

"你是说蟑螂？是啊，太恶心了。"苏迎应道。

"不只如此，我今天还碰到一只怪猫。"我认真地看着她道。

"怎么？"

"很奇怪，它和蟑螂差不多，卡车轧不死，从十二楼摔下来也摔不死，我还摸过，是没有骨头的软骨猫。"我向苏迎解释。

苏迎露出恶心的神情："也就是说，那猫也和蟑螂一样了。"

"我认为，它们都发生了一种变异。就是变得像软体生物一样，改变形状不会死，生命力强得可怕。"

"嗯，有可能。"苏迎表示同意，一副心有余悸的样子。

"而且这一切都发生在离我们这么近的地方，你不觉得太巧了吗？"

"我觉得这些都与志丹苑考古有关系。虽然现在还不确定，但我相信，最近只有志丹苑考古可能和它们存在某种联系。"苏迎突然说道。

我吃了一惊，苏迎提出的想法我也考虑过，但已经否定了，所以我有些不以为然地摇了摇头。

"你为什么会这么认为？"我问她。虽然如此，但我心中真的动了一动，她说不定会有什么新奇的想法……

"就像你说的，太巧啦，所以一定会有些关联啊。"

"虽然这些怪事情都发生在这附近，但不一定是同一原因造成的，而且也没有任何证据啊，所以我觉得这两件事和考古没有任何关系。"我叹口气说道。

"其实不仅如此，事情不那么简单。"她像下结论似的说，"志丹苑考古还是和海底人有关系。"

还是海底人。

我有些失望，因为苏迎不同意我的观点，而且又提出所谓海底人的老一套说法，使我有些不快。但是苏迎的表情十分自信，让我起了疑心。

"你是不是知道些什么？"我盯住她问。

她立刻有些不自然起来，又显出一股掩饰不住的得意。

"你到底知道些什么秘密，或者你发现了什么，所以你坚持找海底人？"我追问道。

苏迎又咬起嘴唇，随即大声道："有些东西是我的秘密，绝对不能说。你不要问了。"

我见她有些激动，便不说话了。

苏迎犹豫了一下，见我一脸诚恳，又开口道："有一个关于海底人的传说，我可以悄悄告诉你。"

"什么？"我将信将疑地问。

"嗯，传说中，海底人是可以变成人的。本来海底人的样子和人不一样，但他们可以通过某种仪式变成和我们一样的样子在陆地上生活。我认为，这次志丹苑遗址很可能就与海底人举行的仪式有关。说不定就是他们举行仪式的地方。"她很肯定地说道。

我有点被搞糊涂了，仔细盯着苏迎，从她胸有成竹的神情没法看出她是开玩笑或是幻想。我突然说了一句一开口就让我感到自己很愚蠢的话："你怎么知道的呢？不会……你就是海底人吧？"

苏迎一怔，随即爆发出一阵大笑，笑得头发都散到脸前。她伸手梳理着，那表情比在泳池里更加放肆，接着，她认真地对我说道："我第一次看到你时，我就知道你会是我的知音。没错，还真被你看出来了，我就是海底人。"

我就是海底人。

我对这句回答有些不知所措，甚至有些紧张，但要我相信苏迎就是海底人还是不太可能，我一时说不出话来。

"其实从种类上来看，海底人就是章鱼人，你知不知道？"苏迎又笑着对我说。

"啊？"

"真的。我拍广告的时候，头发不是飘起来的吗？那些不是特技，不是风吹的，而是自己会动。"

"呃？"我正意外，窗外忽然吹进一阵风，她的头发纷纷飘舞起来。一瞬间我竟觉得毛骨悚然，一阵诡异的感觉向心头袭来。苏迎浅笑着，头发夸张地飘动着，我一时间竟有些分不清真伪，惊疑不定。

十五分钟后，我躺在一楼我自己的床上。

我看过很多国外的侦探小说，小说中常常会出现这样的神秘乃至灵异的事件，但那些都是表象，是圈套，其中常常藏有某个阴谋。现在我的处境好像就是如此。当然我感觉不到什么犯罪的气息，我也不是明智小五郎①，但有一点可以借鉴，那就是发生的一切应该会有内在的联系。但我现在的麻烦在于，分不清现在哪几件可以归为一类。究竟是猫的事发生在先，还是志丹苑……仔细想来，志丹苑根本是很早的事，我会把考古都考虑在内，完全是受了苏迎的影响。想到苏迎，我不禁哭笑不得。

但是，志丹苑考古和这两件事有关的想法也不是不可能。因为即使不考虑时间的因素，也还有地点的因素。毕竟事件都发生在志丹苑附近。究竟如何，我已经没精力再去思考了。

在经历过一些常人难以想象的事件后，我早已养成无论怎样都要逼自己睡觉的习惯，毕竟保证精力的旺盛是最重要的。所以，即使今天经历了许多不可思议的事件，怪猫、不死蟑螂、苏迎是否是海底人的疑问，我也暂时不去想，而是上床就寝。虽然脑子里充满疑问，但我相信只要那只猫不吵闹，我还是可以入睡的。

然而有些出乎我的意料，晚上我睡得还算不错，一觉到天亮，那只猫一点动静也没有。想到那只猫，我头脑就更乱了，卡车轧过、高空坠落……我打起精神，暗自下定决心，今天要把这几个谜团弄个水落石出，至少要理出点头绪来。条件允许的话，把那只猫捉来，研究一番。我洗漱完毕，打算先去报社一趟，刚走出门口，就看见一群人围在附近的绿地旁

---

① 明智小五郎，日本推理小说家江户川乱步所创造的一个小说人物，在犯罪学和侦探学方面的造诣很深。

的水池边。

我有些好奇地走过去，发现是几名保安，拿着很长的竹竿，竹竿上套着网兜正捞着什么。边上有几个大妈围着看热闹。

我正想离开，听见一名保安喊了一声："有了，有了！"随即是大妈们的一片惊叹声。我回头一看，吃了一惊。他们捞起来的竟然是那只黑猫。

保安们把猫的尸体倒在地上，我从那只猫的身体极不正常的弯曲判断，这就是那只黑猫。看起来它的尸体已经有些僵硬了，但前腿仍然呈弧形蜷曲着，十分怪异。

"这只猫……怎么回事？"我问那名捞起它的保安。

"哦，我昨天晚上巡逻时发现这只猫掉到水池里，晚上找起来很麻烦，又怕吵到人，所以早上来捞，都死了半天了。我看见它好像是自己跳到水里去的，真是只笨猫。"他解释道。大妈们在一旁念叨着"作孽啊，作孽"。

看来没有人注意到这只猫的问题。

这只猫淹死了这么久，尸体僵硬，就算有人愿意摸它，也未必会发现它的怪异之处。更何况，一具湿淋淋、脏兮兮的黑猫尸体，谁会愿意碰呢？看来这只黑猫的线索就这样断了。那么，是不是应该把猫的尸体送到有关部门研究……我脑中天人交战着，也许是男子汉的自尊心作祟，我还是决定隐瞒这个可能只有我知道的事实。

奇怪的是，这只卡车轧不死、摔又摔不死的猫，怎么会莫名其妙地就这样淹死了。若说哪只猫会迟钝到失足跌落水池，我不相信，更何况这只猫非同一般。

在去单位的路上，我苦苦思索。这只怪猫的死亡一定有某种原因。难道是变异产生了问题，导致它在水池边走动时死亡然后再跌入水池？然而，现在任何疑问都已经无法解决了。

153

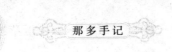

　　我苦苦回忆有关这只猫的一切，被卡车轧过，夜半的叫声，从楼上跳下来向我袭击，最后一次见它时它露出悲哀的眼神，仿佛要流出眼泪般无助……我突然产生了一个念头。

　　也许，这只猫是自杀的。它的身体变异一定带给它难以忍受的痛苦，折磨得它每天夜里哀叫不止。它冲出去被卡车轧、从楼顶上跳下来，并不是为了攻击我或是什么，而是想求死，所以它甚至没有动用自动维持平衡的本能。然而它还是没有死成，反而平添了痛苦。最后它选择了淹死。所以保安说看见它"好像是自己跳到水里去的"，所以它昨晚没有发出一点声音。如果是失足落水，一般都会发出叫声拼命挣扎一下，然而它很安静。这一点也非常合理，足以证明我的结论。

　　悟到了这只猫自杀的原因后，我不禁对这只猫产生了同情。但同情的同时，对于这条重要线索的失去，我还是感到非常遗憾。真相的揭开变得更加困难重重。

　　回到报社，我的精神好不容易放松下来。办公室里闲适的气氛和同事们的谈话，使我暂时又有了一种踏实的感觉。这几天的一些经历使我有点脱离现实，正需要在这样的环境中冷静一下。

　　但说到底，那些怪事已经发生了，我还是必须投入其中。我遇到过很多奇异的事件，所以我确信这个世界充满未知的事物，包括一些往往早已被人习以为常其实又忽略了的细节。尽力去发现这些东西是我的乐趣之一，是我生活工作的动力。我想我不妨做个大胆的假设：苏迎如果的确如她所声称的是海底人，那么志丹苑遗址就一如她所讲的与海底人有关。而之前我已经认定猫和蟑螂与考古事件有关，所以海底人与猫、蟑螂之间一定有着某种联系。

　　我这样猜想着，顺手拿起一支笔，抽出一张纸随意地写起来。但其中的疑点太多了，再说供研究的对象也实在太少，我很难判断究竟是猫和蟑螂这两种生物种类与海底人有关系，还是它们的变异过程与海底人有关系。从现在来看，后者的可能性比较大，因为不死之身的蟑螂出现了一大群，而猫只有一只。那么，它们究竟为什么会产生这样的变异呢？我竭力用我所能想到的一切去解释，直到眼前一阵发晕。

当我回过神来时，看到坐在我旁边的同事都一脸怪异地看着我，想来是从没见过我如此发愤图强的状态。我连忙把纸揉成团。

我想不如把昨天在上大看到蟑螂的事告诉他们，虽然他们只是当笑话听，但说不定会歪打正着地想出些什么来。平时我们在工作中不大交谈，但私底下我们还是非常随便的。

"嗨，我说……"我正欲开口，没想到平时和我比较要好的同事小张走到我身边，拍了拍我的肩膀，压低声音说道："小子，艳福不浅，昨天和女大学生一起风流快活去啦？"

"啊？"我吃了一惊，"没有！你听谁说的！"我嘴上说着，心里却虚得要命，心想这小子怎么这么神通广大。要是我真和苏迎有些什么，让他们说说我就认了，怕就怕这么莫名其妙、子虚乌有地把我的名誉败坏了。

"嘿，瞧你小子急的，我开玩笑试探试探你的。真的没有？"

"没有。"我已是一身冷汗。

"唉，是这样，这两天不是来了个上大影视系的实习女生嘛，她说她昨天还在她们寝室楼见过你呢。"

"实习生？我怎么不知道？"

小张笑起来："你整天来待不到半个钟头就走了，又老是心不在焉的，看见你也不会注意的。"

我无言以对。不过，我倒很想从那个上大影视系的女实习生那里，再问一些苏迎的情况。

很快我便见到了那个女孩，她叫陆烨。平心而论，她长得比苏迎差了不止一个等级，好在还是人模人样的。我客气地跟她打招呼。

简单地聊了几句之后，我了解到她确实是苏迎的同学，而且也经历了那次蟑螂事件。于是我们大有知己之感。我在诅咒了一会儿蟑螂后，向她问起苏迎的情况。不料她眉头一皱，神情立刻变得不大自在。

我马上想起在学校碰到苏迎的那些同学时的情景。这中间一定有什么问题。

"你和苏迎很熟吗？"陆烨倒先问起我来。

"不熟，我只是她的邻居，随便问问罢了。"我连忙解释。

"哦……是这样啊。其实我跟她也不太熟的，但是……"那女生的表情变得很犹豫，好像有什么又不大肯说的样子。

"怎么了？她是不是有什么地方不大对劲？"我追问道。

陆烨果然改变了态度。她凑过来，小声地对我说："她可是个神经病。真的。"

"呃？"我有点意外，但也没有很奇怪，我大致猜得到原因。

她看我的表情不像是相信她的话的样子，便愈加认真地对我解释："苏迎是真的精神方面有问题。大一刚进来的时候，她就因为住院休学了一年，所以我们都和她不太熟。但她这个人真的很怪，整天神神叨叨的，就喜欢说什么海……海底人什么的。好像是那种强迫症吧，常常说这个和海底人有关，那个也和海底人有关，可别人一说她，她就激动。你和她说话时，你没觉得吗？"

这番话犹如当头一记闷棍，令我呆在那里作不得声。原来……原来所谓海底人是这么回事。这个打击太过突然，我愣了半晌才回过神来，也顾不得避嫌，又问了一句："那她的水性怎么这么好？"

陆烨回答："苏迎以前是专业游泳队的，好像进大学前一直是市队的。听别人说，要不是她精神有问题，凭她的实力早进国家队了。她还老说自己是海底人，真是笑死人了。"

我极为勉强地挤出一个估计比哭还难看的苦笑，我觉得我好像彻底被人愚弄了。要怪就怪苏迎长得漂亮，使我不忍轻易地质疑她。现在我再次回想苏迎的一举一动，一些神经质的细小动作，讲话有时颠三倒四，还容易激动等等，都可以解释得合情合理了。还有昨天晚上她自称是海底人，看来她对好多人说过她的这个"秘密"了。

我再次给自己敲响警钟，不断自责，下次绝不能轻易相信女色，同样的行为要是一个长得歪瓜裂枣的女人，我早骂一句"神经病"然后拒不理睬了。话虽如此，但苏迎在我心目中的形象原本是充满神秘色彩的美女，一下子变成了有血有肉的神经病，倒好像真实了不少。

最可气的是，她偏偏在我被卷入一些怪异事件时出现，硬是牵着我的鼻子拽进了所谓"海底人"的思维怪圈里，使我大走弯路，白费脑筋。现在想起来，我一开始以海底人为出发点根本就是错误的，这么一来，还怎么想得出正确结果？

话虽如此，但我很快发现，即使排除海底人的因素，仅仅在怪猫、蟑螂和志丹苑考古之间，同样还是理不出什么头绪来啊。我暗自叹了一口气。

陆烨以为我不高兴，忙又说："不过她现在应该好了，既然能读书就不会有什么事了，你不要放在心上。"

我立刻正容微笑，不能让人误会，确实我也没怎么放在心上，接下来要做的就是把这件事情再放在没有海底人的前提下找出联系来。我又在报社待了一会儿，左思右想，自从大学毕业以来，我很久没有这样用脑了。待了许久，我还是决定再回志丹苑发掘工地去看看，傻坐着也不是办法。

来到小区门口时差不多是下午五点，天还没有暗下来。我赶到工地，里边的工作还在进行。远远地还是看到考古队队长张强站在上次我见到他时的那个老位置。不过这次他身旁多了一个人，我一眼就认出那是阮修文。阮修文的肤色和张强的相映成趣，一个像是白巧克力，另一个像是黑巧克力。再走近几步一看，发现阮修文的手臂略微黑了一些，有点向牛奶巧克力靠拢，也许是因为两天来他一直在工地的缘故吧。

阮修文的面色凝重，手里拿着一张地图。他一见到我便客气地打招呼，张强则只是点了点头。

"我就住在这里，顺便过来看看，不会耽误你们工作的。"我笑着解释了一下，阮修文刚才的神色引起了我的好奇，"有没有什么新进展啊？"

"唉。"阮修文直摇头，"这个工地的开挖规模是有限制的，不能再往这条延长路方向挖过去。"我往地图上看去，延长路上用红笔打了个显眼的"×"。

"这样原地挖掘下去进展也不会很大了。基本上主要构造都已经开掘出来，现在这样只是例行公事。虽然如此，但我始终认为从这个方向开掘下去会有新发现。"阮修文继续道，口气中有掩饰不住的失望。

张强也在一旁插嘴说道："估计要到一个月后，等市政府有关方面统一协调过后，文件批下来了，才能把延长路挖开，到那时可能会找到一些新的发现，你到那时再说吧。"他显然还是不太欢迎我的到来。

我装作没有听懂他的意思，试探性地追问彬彬有礼的阮修文："在这两天考古的过程中，你有没有碰上一些奇怪的现象？"

"没有啊。你是指哪方面？"阮修文一脸迷茫。

"唔……"我看阮修文的神态不似作伪，但仍继续补充道，"奇怪的昆虫啊，或是和平时不一样的现象之类的？"

阮修文和张强都是一副莫名其妙的表情，看来两人都什么也不知道。我在失望中与他们告别。

然而我再次回头观察整个工地时，总觉得有点别扭，也就是说，隐隐约约地觉得有什么地方不太对劲。可究竟是什么呢？也许是阮修文穿着衬衫、打着领带却戴着大头安全帽不协调？或许是两人肤色相差太大？不是。我不能再为这种无聊的事平白浪费我的脑细胞，还是先回家再做打算。

才走到我家楼下，又听见苏迎在楼上喊我。

"怎么样，上楼坐会儿吗？"她依然兴致勃勃地要我去陪她聊天。

下午从实习生那里听到的话确实对我产生了影响。她就算现在好了，但毕竟是有精神病史的人，我不清楚这样的人会不会把病态时的思想载入现在还算正常的脑子中去。当然，我相信她不是故意拿海底人来消遣我。想着想着，我不可避免地在心里对她产生了一点排斥感。

"我今天有重要的稿子要写，没时间了，对不起。"我不好意思正面看她，第一次拒绝了苏迎的聊天邀请。

"啊，是吗，你要写多久？"她似乎仍不愿放弃。

我大声道："今天恐怕是不能聊天了。"

她露出很失望的表情。

尽管心里有些歉意，但我绝对需要时间来好好思考一些问题。我原本以为和苏迎这样热衷神秘事件的人交流会得到启发，现在想来根本就是在浪费时间，只是听她无谓地坚持海底人云云，毫无有价值的线索。我一向都相信我的脑袋在夜晚效率比较高，所以要好好地利用这段黄金时间。

然而我手上的资料实在是太少了。我除了收集一些大同小异的有关志丹苑考古遗址的新闻报道，剩下的就是关于一只怪猫和一群怪蟑螂的一段深受其害的亲身体验罢了，难以下任何结论。冥想了几小时，和白天一样茫然无绪。

现在这间屋子简直已经变成我的了，我已经反客为主，按照我自己的方式把东西堆得到处都是。除了桌上堆着一大摞色情杂志，《阁楼》《龙虎豹》什么的，都是水笙这家伙不知从哪里弄来的，我常常在看电视或上厕所时在沙发缝里或是马桶边上找到几本，翻过就随手扔在桌子上。不知不觉才两天就堆起了这么多。

虽然我没有强烈的这方面的兴趣，但偶尔排遣一下我也不反对。我随手拿起一本《花花公子》，对于这份刊物我是久仰了很久，但从未看过。我一页一页翻着，本着艺术的目光，欣赏美妙的女体曲线。

国外的正宗色情杂志果然不一样，每一幅彩页不是蓝天白云的沙滩，就是非常艺术化的单色黑白照，做得有模有样、光明正大的，一点也不给人见不得人的感觉，看得我赞叹不已。

我翻到一页"沙滩女郎特辑"，看着一个个皮肤黝黑发亮的沙滩女郎，浮想联翩。接下来是一段关于如何把肤色晒成健康时尚的古铜色的专业建议，还有无上装海滩的介绍。原来现在流行把自己晒黑，越黑越时尚。这就叫流行吧，总叫人想不透。前两年安室奈美惠出道时就引起了这股潮流，经久不衰。

我突然想到最时髦的岂不是张强，黑得跟炭似的，正如杂志形容的"皮肤黝黑发亮"，不由得好笑。一位老实的考古专家竟然莫名其妙地走到时尚潮流的前端，这不是很讽刺吗？

然而，这个念头提醒了我。我一下子想起来了，是什么东西使我在考古工地时感到别扭。正是站在张强身边的阮修文。阮修文的皮肤白得太过不可思议。不管是不是独立的自由考古者，考古绝不是一直坐在办公室里的活，而是必须亲自实地考察的工作。而且，从这两天他手臂颜色已经略起变化来判断，他不是晒不黑的皮肤，所以显然他以前根本没有常年在室外工作的经历。就算他不容易被晒黑，他的皮肤也应该和我一样是浅麦色的才对。这里一定有问题。这个人的身份恐怕并不是什么考古学家，虽然他的谈吐丝毫没有露出破绽。

第五章

变异

Chapter 5

第二天一早，我便打电话到中国考古协会，自报了记者的身份，询问他们那里有没有一位叫阮修文的会员，被派到上海监督考古工作，意思是希望他们能给一个联系方式，好方便我采访。

虽然是一个全国性的协会，会员一定散布在全国各地，但每个会员应该都有清楚详细的个人记录。

对方先是一愣，然后说你先等一下。我知道他们去核实了，便耐心等着。

不一会儿，对方果然告知："您可能搞错了，我们这里没有叫阮修文的会员。"

我又问道："那你们认识这个人吗？叫阮修文的，他可能是你们那边的人。"

"没有。"对方十分肯定地回答。

我接着立刻拨通了上海文物管理协会的电话，将阮修文其实不是中国考古协会会员的事告诉了接电话的领导。我想，阮修文可能是为了某种目的冒充中国考古协会会员，无论怎样都应该知会有关方面一声。

不料对方的口气十分无所谓，"阮修文是有关单位专门介绍来的，人家也没特别强调他是考古协会会员，所以到底是不是会员都没有问题。"对方解释道。

这有些出乎我的意料。我忙问是什么单位介绍他来的。

"这个不方便告诉你。你是什么单位的？"他反问。

我支吾着挂了电话。

现在看来事情还有内幕。阮修文背后是有某个组织在撑腰的，而且显然这个组织还有一定地位。我沉吟了半晌，这是现在唯一有可能找到答案的突破口，决不能就此放弃。可是怎样才能查出他的来历，还是困难重重。我想来想去，还是得靠有本事的朋友才行。我立刻想到了梁应物。

梁应物是我最好的朋友之一，而且在他大学讲师的表面职业背后，还有一般人绝对想不到的特殊身份，便是 X 机构的研究员。X 机构的存在相当机密，在这里我必须稍微提一下。X 代表未知，X 机构的任务就是调查不为人知的异闻奇事、超自然事件、神秘事件、灵异事件，然后尽力不让普通人知晓。但我好像与 X 机构有着不解之缘，常常被卷入到一些事件中去，梁应物便是在这种情况下经常帮助我解决困难的人。这事在我的手记中曾多次提到。

这次虽说不是什么奇异事件，但 X 机构在国家机关中享有特权，做事可以方便许多，而且 X 机构本身就储存有大量我所不知道的资源可以利用。要找一个人的资料只是小菜一碟，相信梁应物会帮我这个忙。

我打电话给梁应物。我们确实有些日子没见了，他显得很高兴。我并没有直接向他说明情况，只说聊聊天，见个面，然后约他下午 1 点到淮海路上的仙踪林茶房碰头。

应该庆幸的是，我的直觉做出了正确的判断。由于心情急切，我破天荒地提前半小时来到仙踪林拣了个靠窗的位子坐下，点了壶茶。没过多久，我竟看见梁应物从一辆白色的车子上下来。看来他是搭别人的便车，然而一瞥间，我看见坐在驾驶座上的赫然是阮修文。

虽然只是短短的几秒钟，我便肯定那一定是阮修文没错。他与梁应物交谈几句就开走了车子。梁应物也看见我在窗内望着他，笑着向我招呼着走了进来。

我正惊疑不定之际，梁应物已经到了面前。梁应物还是老样子，看起来文质彬彬，绝对是个少女杀手型的帅哥，同时也是中年师奶的最爱。我想到上回发生的事，不由得暗暗好笑。谁都不会想到，这样一个人竟然是时不时要与超自然事物打交道的 X 机构的人。

"刚才那是你同事吗？搭便车过来啊，怪不得答应得这么爽快。"我故意用一种开玩笑的口气试探梁应物。

"嗯，是学校的同事，和我不太熟的，正好他也到这附近，我就搭便车了。"梁应物说话时，眼神有些闪烁。据我察言观色，他肯定没跟我说实话。梁应物虽然是我最好的朋友之一，但他还是会公私分明，当然有时候也是为了我的安全着想。

由此我下了结论，阮修文一定也是 X 机构的人。从上午文物管理协会的态度就可以看出来，很可能连那个领导自己也不知道"有关方面"究竟是什么机构，只知道非常重要而且机密。

但是在那一瞬间，我心中闪过了许多念头，犹豫再三，觉得还是不向梁应物提志丹苑的事。既然阮修文是 X 机构的人，就代表 X 机构直接参与了这件事，我不敢肯定梁应物有没有参与。梁应物比较善于物理学方面的研究，但很难说志丹苑考古的本质究竟是怎么一回事。梁应物又是个很有原则的人，X 机构做事的一贯宗旨就是保证绝对机密，就算不参与，他也会对我守口如瓶。要是让他知道我正在特别关注志丹苑这件事的话，恐怕他还会平白对我产生警惕，还有可能试图洗去我的记忆什么的，绝对不是好的选择。我希望有一个健全的人生。

尽管我没有亲自拜访过 X 机构，但我从梁应物身上能大致了解它的一些办事方式，我知道它决不会让一般人插手他们的事。因为他们的任务非常艰巨，起着维护社会安全和现有的科学理论体系以及维持整个地球包括一些不为人知的地域群体的秩序的作用。一旦某些消息走漏可能会造成严重后果时，他们会采取一些非常手段。

"有什么事情找我？"梁应物笑着问我。

"也没有什么事情，这么久不见了，找你聊天喝茶而已，不行吗？"我也笑着回应，给他倒了一杯茶。

"最近有什么好玩的事情？"我问梁应物。他有时会拿一些过时的他们的研究对象当笑话奇谈和我闲聊。因为他知道我不会大肆渲染，我也是个经历过奇遇的人，和他同甘共苦过。

"没有什么。"他说道。这不出我所料。我便和他随便聊一些我在报社听到的趣事。

大约谈了一会儿，我觉得时机成熟，装作不经意地问起阮修文，但我绝口不提我采访过他，只是问道："现在你们大学教师的收入很高吗？"

"怎么会呢？"他还未察觉，"清贫得很。"

"不是吧，刚才你那同事，也就和你差不多年纪，都已经开上本田了。"

"那……那是人家年轻有为啊。"

"噢！"我装出一副恍然大悟的样子，"我差点忘了，他还可能是你的……那个同事。没错吧？一时竟然忘得一干二净。"

"没关系。你算是猜对了吧。"

"真的？那人也是你们机构的喽？"

"哦，"他看起来并没有什么警觉，"差不多吧。"

"嘿嘿，一看就知道了，气质上和你很像嘛！"这句也是实话。第一次见到阮修文，我就觉得他很亲切，也是因为他与梁应物在气质上有一点相像的地方。不过阮修文在考古方面的知识也算是非常渊博，没有露出任何可疑之处。我继续试探梁应物："不过，他看起来可比你有钱，还有一辆好车呢。"

"那当然。"梁应物笑起来，"人家可是大有来头的，我哪儿比得上啊！"

"哦？"我露出怀疑的表情。

"你知不知道他姓什么？"

"我怎么会知道。"我面不红心不跳地回答。

"姓阮。你可能不知道，阮这个姓可大有来头，非同一般呢。"

"是吗？我只知道《水浒传》里有阮氏三兄弟，呵呵。"我开着玩笑，心里暗惊。

"阮家是中国有记载的几大神秘世家之一。据我所知，在古代，阮家一直做着与现在我们 X 机构相同的事情，历代和超自然现象、神秘事件打交道。"

"这么说来，是个非常了不起的家族了？"

"这点不容置疑。据说阮家以前一直和外星人打交道，他们的家族史就是中国古人和异事件接触的历史。所以现在阮家的人，X 机构请都请不到，正所谓家学渊源。"

"可你们机构不是不允许别人参与调查研究的吗？"我问道。

"怎么说呢，这毕竟是有历史背景的。现在阮家每代会派几个人来加入 X 机构，代表他们对 X 机构的支持。而我们遇到什么问题时还是需要阮家的帮助，他们接触的资料啊、经验啊等，对我们大有帮助。所以，姓阮的都是顺理成章地成为 X 机构的重要人员。他们一个个都很厉害，到底是家学渊源，一般人难以企及。可以说，X 机构也不能少了阮家的支持吧。"梁应物一口气向我说了很多。

我表面上装出一副听过就算的样子，心里却明白，既然阮修文这么大有来历，他的到来更说明了志丹苑考古非同一般。我既然已经被卷了进去，就不能袖手旁观，要探个究竟，至少也得了解整件事情的原委。尽管梁应物聪明过人，他也猜不到我的想法。

又和梁应物聊了一会儿，我便和他告别出来。一上出租车，我立刻着手拨阮修文的电话，心中不禁有些紧张。

"喂，阮修文先生吗？我是那多，《晨星报》的记者。还记得吗？"

"哦，记得记得，什么事？"

"最近有什么进展吗？"

"你可真努力啊！暂时没有。"

"是这样，有关一些细节的问题，我想再约您做一次采访，不会耽误您太久，您今天有空吗？"

"今天不行了，明天下午吧，怎么样？"

约好了时间，我仿佛看到答案就在眼前，心情不由得轻松起来。我也不指望他会和盘托出，只要让我明了其中的真相就行。

回到志丹苑，我暂时不去想那些费神的事，打开电脑写了一会儿手记。说实话，那次"凶心人"的经历比我这两天的所见所闻要可怕和超现实多了，回味那次经历无疑能使我对现在的问题更加泰然。我自信明天一定可以从阮修文口里套出话来。

这时敲门声响起。我不假思索地开门，长发飘飘，是苏迎。我这才想起，又已经是七点多了，该不会……

这两天来，我对苏迎的看法已经历了几个变化，所以一看到她，倒有些不知所措。

"我看见你房间灯亮着，知道你回来了，所以又来找你聊天，怎么样，有空吗？"苏迎果然又是来请我去聊天的。

想一想，她一连几天坚持不懈，倒也使我颇为感动。我不太好意思再拒绝她，便答应上楼去她的房间。

再次聊天，苏迎的谈兴依然不减，当然还是时不时地扯到海底人。自从实习生透露她有精神病史后，我越听她讲海底人就越感到不是滋味，就好像看见父母偷偷往袜子里塞礼物的小孩，不会再相信圣诞老人的存在。我一边假装听着她的话，一边在心里胡乱猜着，究竟是脑中产生了幻觉，还是因为童年阴影，所以喜欢把梦想当成真实的事情。

于是，我随意地问她："你以前进过游泳队吧？"

"是啊。"她感到很诧异,有些不愉快地瞪着我,"你怎么知道?"

"我猜的。你的水性这么好让我不得不起了疑心,呵呵。"我笑道。

她的神情立刻缓和下来:"你还挺聪明的。但我不是因为进游泳队才游得这么好的。我天生就这样,游泳不用别人教就会了。"

"是吗?"我想,她又要自称海底人了,赶快岔开话题,"你们学校的游泳池蛮不错的,我去过好几所学校的游泳池,都没有你们上大的干净。"

"干净是干净,就是太小了,游起来没劲,就好像被关在鱼缸里一样。我以前游起来一百米不换气的,无装备潜水也可以潜个二十多米,而且这些都是天生的。你不觉得很奇怪吗?"说完,她又期待地看着我。

"不可能。你一定是经过训练后才有了现在的水准。你又不是什么夏威夷岛上的原住民。"

"那种人?也就不过如此,他们是为了生存而训练的,而我觉得我是有这样的本能。"苏迎有些不快地道。

我实在不想她又把话题带到海底人上去,笑道:"对了,刚才你说鱼缸?说起来你家的这个鱼缸很漂亮,你一定花了不少心思吧,里面的鱼也……"我说到一半,不由得停了下来。那只巨大的水族箱中空荡荡的,一条鱼也没有了,只剩下一丛丛水草孤单地漂动着。我想起上次来看时就少了几条,便问:"你这两天没有好好照顾鱼吗?太可惜了,怎么都不见了?"

苏迎看了看鱼缸,耸肩说道:"没有啊。"说着起身走到水族箱旁,用力摇了几下,又在箱侧靠底部的地方拍了几下。原本箱底铺着的厚厚的一层细沙中立刻钻出许多条鱼来,慌慌张张地在鱼缸里游来游去。

我看着不禁奇怪,没听说过这些海水鱼会有这种习性。这些明明都是观赏鱼,颜色鲜艳,它们也不像是喜欢钻进珊瑚底下、沙石缝中觅食,只见水渐渐平稳后,那些鱼竟然摆着尾巴又纷纷钻进沙子里。我凑过去仔细地观察,发现沙面上有好几处不时地有起伏。似乎是鱼在沙子里移动,远远看起来就像空的一样。

我问苏迎："这些鱼从什么时候开始有这种变化的？"

苏迎一副冷漠的表情道："就这几天。"她对海底人和游泳泡水之外的事情都显得毫无兴趣，我已习惯了。

我以前也养过鱼，对这些鱼的习性还是略知一二的，经过一番思考之后，我下了结论，这些鱼恐怕也发生了变异。

我的脑中再次闪过猫和蟑螂。这鱼就是第三种变异的生物吧。结合看好莱坞电影的经验，很可能在志丹苑小区中存在什么类似辐射源之类的东西。这让我有些不寒而栗，如果接下来是人的话……真是不堪设想。

第二天中午，我看离和阮修文约定的时间还有一些，便先到考古工地转了一圈。这回张强也不在，也许是去吃午饭没有回来，而工地乍看之下几乎一点没动，也不会有什么进展了。挖出来的泥土在一边堆成一个小土丘，一群小孩子正在土丘上跑上跑下，十分兴奋。

我笑了笑，我小时候也很顽皮，一时间有点怀念童年的感觉，便远远看着他们。只见他们用小树枝、小铁锹什么的从土里挖出几条蚯蚓，便欢叫起来。

几个男孩抓起几条蚯蚓，扔到自己身前赶着赛跑。一个小男孩嫌自己的蚯蚓行动迟缓，用铁锹狠狠一拍，那只蚯蚓立刻挣扎着迅速弹起来。那小男孩惊呼了一声，残忍地将蚯蚓铲成两段。蚯蚓被分割开当然不会死，一段段都抖动着，这是基本常识。那些小孩子却大呼小叫，引为奇观地围着。

我不禁会心地笑了起来，又朝他们凑近了一些，因为我小时候也做过同样的事。这当然不能说明我从小缺乏爱心，只能说明我好奇心重罢了。然而电光石火间，我盯着地上的两段蚯蚓，脑中犹如天马行空一般闪过一段夸张的推断。

蚯蚓身体柔软，被铁锹拍是拍不死的——骨骼柔软，被卡车轧，从楼上摔下摔不死的猫；蚯蚓被斩成两段还是不死，两段分别挣扎扭动——前后两段身体能够分开自由活动的蟑螂；那些蚯蚓被挖出来，还在奋力挣扎想要钻回土里——喜欢在沙里钻来钻去，生活在沙里的鱼。

我仅仅是将这三种变异的生物具有的新特征拿出来放到一起，然而结论很明显，正好与蚯蚓相符合。蚯蚓三种固有的特性正好与三种变异生物一一对应，这不会仅仅是一个巧合。那么，难道猫的软骨、蟑螂的分体不死、海水鱼的钻沙，竟然都是以蚯蚓为蓝本在进行的变异？

我对这个偶然的发现惊异不已。说起来，这样的推论倒也十分合情合理，而且蚯蚓确实在志丹苑遗址附近出现了。也许我现在去抓出苏迎家水族箱里的一条鱼来，也是拍不死且分体也不会死的。但现在这还是假设，我没有什么证据。就算苏迎家的鱼真的变异成了那样，也不能证明我的结论的正确性。即使结论成立，与志丹苑考古的关系还是不能解释。

不管怎样，先去见见阮修文再说。

阮修文依然客气地微笑着，这使我相信，他是一个不好对付的对手。他应该和梁应物是同一类人，智力超群，本领高强。而且，他可以说是世家子弟，家学渊源，这点比梁应物有过之而无不及。不过，他的长相不如梁应物俊美。不知不觉中，我在拿梁应物和阮修文做比较，与梁应物一同经历过常人难以想象的险境后，我清楚地知道梁应物拥有的应变能力和冷静头脑，所以我真不希望阮修文这方面的才华在他之上。在知道阮修文是X机构的人后，我开始意识到他的笑容其实是一种伪装。

我从一般的问题开始。阮修文有问必答，没有什么异常。在一些考古方面的问题上，阮修文侃侃而谈，不愧是家学渊源。我知道这样问下去不会有什么进展，决定先开口试探试探他的口风。

"我听小区的居民讲——因为你知道我碰巧也住在那个小区，他们说这附近这两天大概闹鬼，有好多动物发生了很奇怪的变化，照我说可以说是变异吧。一些老人吓得要命，也不知道是真是假。"说着，我注意阮修文脸上的表情。

阮修文丝毫没有露出我所希望看到的什么破绽，而是有些吃惊地睁大了眼睛，说道："是吗？我怎么没听说？"

我索性回答："是的。就在小区内，好像是些狗啊猫啊之类的。我也是听一些居民说的。"

他摆出一副无可奈何的表情，说道："这我就不了解了。我只负责考古方面的一些鉴定工作，如果真有这种问题，恐怕你应该找其他部门问问看。我觉得多半是一些无聊的传闻罢了，你们记者应该会懂得分辨吧。"

也许他觉得他反应得不错，但我认为，他如果真的不知情或是这些变异与考古无关，他应该反应更加强烈才对。应该会表现得很有兴趣，他也是X机构的人嘛。显然他对我所指出的变异并不意外，这让我肯定了志丹苑考古必然与这些变异有关。

"是吗？正巧我上午有事和考古协会那边联系了一下，可是他们竟然说没有你的名字，呵呵。"我继续试探他道。

"哦，肯定是他们搞错了。那些人做事总是冒失得很。"阮修文显得很平静。

"可他们还说没有派人来上海，也是搞错了吗？"

阮修文的脸有些涨红了，看来是有些恼怒。他沉声道："那多先生，你倒是很有专业精神，不过怀疑我的身份好像太多余了。你明天可以再打电话去问，但我奉劝你不用浪费时间，我从来没有骗过你什么。"

"没有，没有。"我连忙解释，"我只是随便说说的，你别在意。"我生怕他生起气来把气氛闹僵，就不好收场了。

不料阮修文又问道："你好像工作特别卖力嘛，我到了这里还没有其他记者找过我，这才几天你就已经找过我好几趟了。"

"呵呵……我也不是那么卖力的。"我竭力降低阮修文对我的警惕，笑道，"我觉得自由考古学家比较难得，觉得你很了不起，很想多和你聊聊，了解一下。一定耽误了你不少时间，真是不好意思。"

阮修文听了，表情稍稍缓和了一些。毕竟千穿万穿马屁不穿，大家族的子弟也不例外。我决定乘胜追击，要显出我一无所知的样子来让他自我感觉愈加良好些，以此逗引他说更多的话，才有机会让他露出马脚。我灵机一动，想到找一个无稽的话题来转移他的视线。

"我有个朋友是写童话的，他也不知道怎么回事，最近突发奇想，"我信口胡诌道，"说是要写篇童话，想要虚构一个有关这个遗址与什么海底人的故事，非缠着我要来采访，给他提供真实资料……"我还没说完，没想到的是，阮修文听到一半似乎全身震了一下，眼镜都从鼻梁上滑下了一半，神情大变。我意识到我说的海底人出了问题，一时说不下去。

"这个幻想倒是蛮……蛮有意思。"阮修文勉强扶了扶眼镜，"但你身为一名记者，应该记录事实不是吗？为了这种问题来采访，那不是胡闹吗？"

"不是，我只是……"

"我对你挺失望的，那多先生。今天就到这里吧。我知道的全对你说了，我还有工作要做，你请回吧。"阮修文说着站起身来，一脸坚决。

"大家相识一场，我还是奉劝你一句，记者先生，现实一点，你的职业应该不允许你做各种各样的幻想，那是对社会的不负责任。"临走时，阮修文毫不客气地警告我说。

我没想到，他对海底人竟然有这么大的反应，这无疑说明海底人与这次考古不无关系。这样一来又回到了起点：海底人、猫、蟑螂、遗址。而现在又多了一样：蚯蚓。虽然没有从阮修文口中套出什么有用的线索，但还是有一定收获。不过阮修文恐怕不会再给我接近他的任何机会了。我从酒店出来，细细思索。

晚上回到家里，我重新画了一张线索图表来厘清思路。和这次事件的相关线索如下：

猫的变异（软骨）。

蟑螂的变异（不死）。

鱼的变异（钻沙）。

这些变异的假定蓝本——蚯蚓。

海底人的存在。这一点已经从阮修文那里得到了证实。

苏迎是海底人的可能。既然我一开始了解到海底人的消息来源是苏迎，而消息得到证实，就不得不重新考虑苏迎的问题。她所说的话真假尚未得知，可能性不能完全排除。但暂时无法得知苏迎是否与事件有直接关系。

事件的中心：志丹苑元代水关建筑考古。我现在相信，整件事因此而起，这一点现在已经毫无疑问。

当然还有打着自由考古旗号的阮修文，他代表 X 机构在事件中的作用，肯定我得出的那个可能性相当大的假设：蚯蚓是变异的蓝本。于是用箭头将猫、蟑螂和鱼一一指向蚯蚓，表明变异蓝本。然而，考古遗址、海底人等又似乎毫无联系。这等于无法了解事件的本质。

至此我可以肯定，这是我迄今为止碰到的最为棘手的事件，有着最多看似无关的纷乱线索。我要把它们全都串联起来，简直是不可能的任务。

在束手无策之际，我决定抛开正常的思维方式，做大胆的推理。这也是小说中类似福尔摩斯使用的推理方法，先做大胆假设，然后再逐一排除其他可能，所谓的不可能的假设往往到最后却会被证实。

首先，三种生物都以蚯蚓为蓝本变异，变异需要能量，也就是需要某种力量的驱使。我假设这股力量来自志丹苑遗址。

然后另一边相似的，在海底人的词条旁边我拉出一个箭头，标上变异。那么箭头的另一端可以补上的，就是——人。

海底人以人为蓝本变异，简单地说就是海底人变为人。同样，提供能量的就是志丹苑遗址。我记得苏迎曾说过，志丹苑是海底人变成人的地方，这与我现在的想法不谋而合。

于是我的结论整理后就变成了：猫、蟑螂和鱼向蚯蚓变异，与海底人变成人一样，都是因为志丹苑遗址的某种力量。这三种生物的变异可能只是某种副作用所致，关键在于志丹苑遗址使用同种力量可以使海底人变成人类。

这显然是一个很有建设性的假设，并且将所有线索模糊地联系在一起。但是要证实这种说法或是推翻它，需要两个人的帮助。两个至关重要的人物：一是阮修文，我目前不知道 X 机构对这次考古事件的研究到了何种程度，但我相信他们应该会有一个大致的概念；二是苏迎，竟然会这么巧合，她的海底人的想法得到了证实，使我对她先前声称的她的"秘密"产生了兴趣。不过，直接找阮修文求证现在已不太可能，就只剩下苏迎了。

现在再来看，我又觉得苏迎的精神病史显得十分神秘。究竟是不是某种原因使得她被误认为有精神病呢？苏迎显然不了解整个事件的真相，但她可能与此事件有点关系。她好像还有一些事情瞒着我，是关于她自己和所谓的海底人。而阮修文恐怕已经掌握了其中的关键，但还不至于能够彻底解释整个事件。我认为他没有必要每天到工地去演戏，他昨天那种不安的表情不会是故意装给所有人看的。

我忽然想到，阮修文一定不知道苏迎的存在，把苏迎交给阮修文作为真相的交换条件如何？但这样做有点出卖苏迎的性质，而且阮修文也未必答应，再说苏迎究竟是何身份尚未得到证实，还是作罢。

想到这里，抬表一看又是八点了。在前两天，苏迎这时候早就来找我了。我想，今天不如我主动上楼找她，或许她会说些什么。今天我可是有目的、有意图……这时候手机响了，是苏迎。

"喂，那多？我今天有事要住学校，真可惜不能和你聊天了，真是对不起啊。"

"哦，不要紧。明天再聊好了。"我暗叹真是倒霉，不过话说回来，她为了这种事竟然还专门打电话来致歉，好像显得有点多余，作为女生来讲，莫非……我再次怀疑起来，不过如果真的如我所想她对我落花有意的话，我应该会很容易套出她的话来。必要时，我可以牺牲色相，如果有的话。

事情至此已经颇为明了，虽然还未得出什么结论，但能做的事情只剩下一件，就是明天和苏迎好好聊聊。抱着乐观的心态，我早早便上床睡了。

一清早，我被手机铃声吵醒。我迷迷糊糊地接过："喂？"

"那多！"还是苏迎，而且语气又很激动。

"怎么了？"我打起精神问道。

"我同学又出事了！而且这次又是怪事！你快过来看看！"

"什么事，慢慢说，说清楚！"我立刻睡意全消，一边说一边迅速穿衣起床。

"今天早上，我同学莫名其妙地在学校里迷路了，明明和我们走在一起的，一下子就走丢了。半小时后她回来了，吓得要死，说她什么也不记得了，只知道醒来的时候趴在一口井上，要不是井上有盖子，她就摔下去了。而且……而且昨天还有一个同学也是这样，真的好恐怖！"她嘴里说着恐怖，却是一种有点兴奋的语气。

"好，我马上就过来！"我急急忙忙出了门。

苏迎就站在上大门口等我，然后她领着我说去看看那口井。她的同学经受不住打击，在寝室休息，苏迎问清了地方便带我赶到井边。

走了一段路，我们走进一条弄堂，弄堂里的房子都已经相当老旧。我心下盘算刚才走的路，这里应该离志丹苑不太远，有好些是我刚才来时经过的回头路。我四下张望，果然看见志丹苑的建筑就在不远处，就隔着一排老房子。

弄堂的尽头便是那口神秘的井。

仔细看那口井，是一口古旧的水井，上面盖着一块锈迹斑斑的铁盖，还上了锁。很明显，这是一口废弃已久的水井。我仔细端详，上面没有什么奇怪的花纹，甚至没有被人新近砸弄过的痕迹，一点异样都看不出。

我慢慢走近那口井，什么感觉也没有。我试着伸手触摸，只摸到了铁锈而已。

"你的同学怎么说？"我问苏迎。

"她只是说好像一下子被什么东西迷了魂一样，什么也不知道了。醒来时就趴在这口井上，其他什么也没有。"

"人有感觉到什么变化吗？"

"好像也没什么问题，就是吓得要死。"

这样我也束手无策。看看苏迎一脸期待，我不禁有点不好意思，每次她兴冲冲地把我叫来，我却一点忙也帮不上。这也没办法，我又不是 X 机构的人。

我无奈地对苏迎说："还是等找到什么工具把井盖掀开来看看好了，现在看不出有什么问题。"

"好啊！"苏迎兴奋地说道，"到时要叫我哦！"

和苏迎分手，她便回上大准备去上课。我走到路边打算叫车直接去报社。

迎面驶来一辆出租车，我扬起手，突然脑子却一片迷糊，一瞬间如堕雾中，接着猛然惊醒，赫然发现自己趴在那口井上，衣服上沾满了铁锈。再一看表，竟然已经过了半小时之久。这一惊当真非同小可，一下子出了一身冷汗。

我竭力回忆，脑中只有一片空白。这太可怕了。好像是眨了一下眼的时间，我竟然昏迷了半小时之久。我自认为我的意志力相当坚强，虽然平时懒一点，但关键时刻不会这么轻易被迷倒。刚才我好像突然进入被催眠的迷魂状态一般，我以前从未有过这种经历。即使是……我想到了一个人。

　　说到这种迷魂、催眠、幻觉方面的技术，在我认识的人中，没有比她更权威的了。我决定找她帮忙，连我了解的 X 机构比起她来也是远远不如。

第六章

幻术师再次登场

Chapter 6

我终于鼓起勇气拨通了电话。

"嗨，是路云吗？我是那多。你还记得我吗？"

电话那头传来路云悦耳的声音。自从"凶心人"事件以后，我一直都认为她可以算是当世第一流的幻术大师，或许是我孤陋寡闻，对这方面的专家了解不深，但她绝对是有关精神、心灵、幻术方面的权威专家，这点毫无疑问。

我向她极简单地解释了一下，因为绝非三两句就能讲清楚，我只是强调了事情的重要性。

"是这样啊，我了解了，我就在附近，我马上可以过来。"她在电话里笑着说，"我真的很高兴我们还会再见，你有事还会想到我。"

尽管心里疑虑重重，在见到路云的一刹那，我还是震了一震，被她现在的美慑住了，一时不知身在何处。她的穿着并无特别之处，一身紫色的衣裙加上几条特别的项链，透出几分超现实的神秘感。然而真正美丽得令人震撼的还是那双眼睛，明亮、深邃，仿佛包含了一切感情……我很快意识到，我对那双眼睛注视得过久，勉强将视线从她的眼神中移开。

从她现在令人难以置信的美貌来看，我确信她的幻术比我上次见她时又精进了许多。我的理性告诉我，可能我第一次见到她时看到的才是她真正的面貌，现在只是幻术的影响。

在经历了"人洞"事件后，我自信不会那么容易就被她迷住，因为我还可以回忆出她以前的样子。催眠术和幻术这些试图掌控他人思想、左右对方心灵的技艺，首先要做的第一步就是在人的意志防线上打开一道缺口，才能侵入人的心灵。施术者的手段不外乎语言、动作和表情，就像路云拥有天生能够使人震撼的美貌，再加上高超的幻术技术，可以做到不经意间，一举手、一投足甚至下意识地就能够将任何普通人操纵于股掌之中。然而对于我，一个自信经历过不少一般人难以置信的事件的人来说，想轻易使我入迷不是那么简单的事。

正因为如此，那口井才更让我迷惑不已。

"嗨，好久不见了，最近好吗？"路云轻巧地向我打了招呼，在我对面坐了下来。

"还好。唔，你的功力真的越来越深了，人变得越来越漂亮，是不是真的啊？"我还是首先使自己尽量忽略她的美貌。

"太没礼貌了吧。"路云嗔道。真是一笑倾城。

"开个玩笑而已。"

我又将事情详细地向她叙述了一遍。从志丹苑开始，因为我已经认定，这么多怪事绝非因巧合而凑在一起。这些看似无关的事件，很有可能都和志丹苑考古有关。

"听起来真的很不寻常，我也很有兴趣。"路云沉吟道。

"那事不宜迟，我这就带你去我说的那口井看看。"

很快，我领着路云来到那口井旁。我小心翼翼地一步步接近，而她则大步走到井边。

"有什么问题？"我们几乎同时脱口问对方。

"没什么啊。"她说着，绕着井转了一圈，又向井盖看了许久，摇了摇头。

"是吗？可是我刚才确实受到了影响。"我见没事，便也走到了井边。

又待了一会儿，还是什么也没发生。

"唉，算了。"我叹了口气，"我们先找个地方坐下来休息一下，我把整件事大致跟你解释一下。"

她应了一声，我们便一起向弄堂外走去。

然而走了几步，路云突然停住了脚步，脸色凝重，然后猛地转身看着那口井。我意识到一定发生了什么，但什么也没有感觉到。我将目光投向路云。

"确实有问题。"她说道，视线仍没有从井那边移开。

"它在发射一种波动。"

她转过脸来，向我说出了结论。

"它在发射一种精神波动，是可以直接影响人的思维的波动，看来你刚才遇到的就是它。"

"可我刚才什么也没……"

"它好像不是持续不断地发射的，而且可能每次发射的功率也不相同。"她若有所思地说，"刚才那几次就非常微弱，不足以把人迷住。普通人是感觉不到的。"

"但是，"她补充道，"如果它再强一些，绝对能够把人迷过去。它发出的这种波动清晰而直接，唯一的目的就是把人吸引到它的旁边去，可以说是一种诱人接近的信号。"

看来事情越来越麻烦了，但我有一种感觉，就是似乎已经离正确答案越来越近了，只是差最后几步而已。我相信，路云能够帮我找到谜底。

我找了家茶馆，和路云找个座位坐下。然后我将整个事件，从志丹苑遗址考古开始，各种生物变异，当然包括我关于蚯蚓的判断，直到被井迷晕，都告诉了她。路云耐心地听着，不时地提出自己的看法。

"对你来说，"她喝了一口茶，"那口井的迷魂事件并非首先要解决的问题，说不定它与整件事情包括考古没有任何关系。现在我能帮你解决的，就是你所说的有问题的苏迎，还有那个隐瞒事实的阮修文，我有办法让他们说实话。"

听到"办法"二字，我皱了皱眉，我当然知道这位迷魂的一把好手所说的"办法"是什么，我也体会过一点点。恐怕对她来说，人脑和电脑一样都是有迹可循的。看路云自信满满的样子，我实在有些犹豫，毕竟阮修文的身份是 X 机构的人，而且是如梁应物所说的身份非同一般的研究人员。所以万一引起什么误会的话，后果绝不是我能够承担的，一旦牵涉到路云，事情只会越来越复杂。再说苏迎也算是与我关系不错的朋友，这样做会侵犯她的隐私，有些不义。

路云显然看出了我的疑虑："我可以顺便帮那位有精神病史的小姐治疗一下，保证不会有事的。"

犹豫了一下，我还是答应了，于是和路云一起赶往志丹苑小区。

等到下午，苏迎差不多回家的时候，我和路云敲开了她家的门。

苏迎见到路云也呆了一呆，我向她介绍说路云是我的朋友，当然不是女朋友。随后苏迎客气地将我们迎进了屋。

尽管我事先已打算先从苏迎比较感兴趣的话题开始，逐渐向她表明来意，以免显得突兀，然而憋了一下午的疑惑，使我开口便切入了正题："苏迎，这位路云小姐，她可以治好你的病，我这次就是为此而来的。"

"我没病，你搞错了吧。"她脸颊抽动了一下，不自然地坐到沙发上。

"我知道你以前的精神有些问题，路云是这方面的专家。"

"什么？你胡说！你……你是怎么知道的？"她抓了抓头发，咬住嘴唇，看起来与其说是吃惊，不如说是有些愠怒。

"我只是碰巧听你的同学说的，所以……"

"所以想来套我的话？这位是催眠师吧，看样子就看出来了，没用的。"

路云坐在一边，对她微微一笑，但苏迎并不为所动。

我并不否定她的质问，因为事实确实如此。苏迎的感觉倒也敏锐，但我还是搬出了我准备好的撒手锏。

"我今天去采访那个考古的阮修文了，据说有了新的进展。"

她果然冷静了下来。

"今天的进展，可以说直接影响到整个考古研究，发现了许多新的线索。这是他今天一见到我所说的第一句话……"我继续说着，如我所料，苏迎开始抖动双腿，显出不安的样子。

然而我没有继续说下去。大约静默了二十秒，苏迎终于忍不住了："有什么进展？说下去啊！"

"我当然可以告诉你，不过有交换条件。"

苏迎开始很犹豫，咬起了指甲，然而对这次考古异乎寻常的兴趣和好奇驱使她最终妥协了。

"好吧，但是我要事先声明，如果你们失败了，那不是我的责任，你还是必须把该说的说出来。"

"没问题。"

"老实告诉你，我家以前请过好几个催眠师了，有些还是什么心理学博士，对我根本没用，先说好了，你可不能反悔。而且给你们的时间不多，一小时之内，时间过了就算你们失败。"

"我知道，不会反悔。"

我和路云交换了一下眼色，她站起身走到苏迎跟前。

"一小时足够了。"

苏迎确实有和催眠师交流的经验，她身子正对路云，侧过脸去看着鱼缸，不和路云做眼神接触，一只手拨弄着头发。

"苏迎小姐，你这么不配合，我怎么治好你呢？请你看着我。"

"这就看你的本事了，我说让你们试试，可没有说任你们摆布。"

路云笑了起来。我知道，这是她要施展幻术的前兆。

她缓步走到鱼缸前，伸出手去，竟然将手直直地从缸壁插入了水中。看起来如此不可思议，却又如此自然。我不禁看直了眼，大大怀疑起我的眼睛来。

苏迎当然和我一样马上被吸引住了，愣愣地看着，眼睛一眨也不眨。我立刻明白，路云已经成功地进入苏迎意志的防线。路云随手一挥，掀起一阵水雾，细小的水珠在空中弥漫成一片水幕，并不散落，消失在空中犹如凝固住。路云显示了她强大的力量。

我不禁骇然，没想到她的力量如此之大。或许一开始就是幻术吧，我看见的都是幻象而已。然而在夸张的视觉冲击下，我的理性运作已经接近停止，在我看来，路云的手法与海底人同样不可思议。

只见路云闭上眼睛，似乎在搜索苏迎的记忆，而苏迎完全进入了无意识状态，两眼瞪着水幕。

终于路云睁开眼睛，说道："找到了！"随后水幕上显示出变幻不定的图案，看来是路云将苏迎的记忆投影在了水幕上。

一幅幅幻灯片般的画面快速变换，终于揭开了有关苏迎的一切真相。似乎是童话般的一幕幕，许多匪夷所思的画面，我还没看清楚，路云就笑着说了一声："找到了！"

"我只看到一点点，究竟是怎么回事？"

"真的很有意思。"路云摇头笑道，"出乎意料的有趣。"

"快说啊！"我焦急地催促她，"再放一遍，放慢些，我没看清楚。"

路云用一种似笑非笑的表情瞧着我。

"想不想换种形式看看？"路云笑道。

我还没明白她的意思，不过仍回答："好啊！"

"来了！"路云伸出手来，修长的手指灵活地弹动，手指在空间画出奇异的曲线，这让我联想到密宗的手印。刚念及此，我隐隐感到一种失重感，这种感觉迅速膨胀起来，我只能勉强支撑着自己的神志，再望向路云时，她又是嫣然一笑，我顿时失去了知觉。

回过神来的时候，我发现自己竟然变成了一个小女孩，置身于一个完全陌生的环境中，一阵巨大的轰鸣声自身边传来。我环顾四周，才发现原来我正在一艘航行的海轮上。

"这就是这个叫作苏迎的女孩的记忆了。我现在让你以第一视角来体会一下。"耳边响起路云的声音。我这才明白过来，对我来说倒也是一次新鲜的体验。就好像那种立体电影一样，路云担任旁白的工作。

不过这种身临其境的感觉过于真实，让我有点害怕。

"喂，路云！"我有点害怕地喊，"接下来会怎样？你要解释一下啊！"

"你现在 10 岁。接下来的事情嘛，你自己体会喽。"路云的声音好像带着笑意。

"喂，喂！"我正喊着，这时巨大的船身忽然颠簸起来，天上骤然下起大雨，刮起暴风。一个接一个的大浪接连打来，尽管我意识到这是幻象，我也没有真实的喝水的感觉，然而还是能感受到一种压倒性的恐惧。在大自然的强大威力面前，人类太渺小了。就在刚才，这艘船还平稳地航行着，然而现在已经在缓缓沉没。

我仿佛听见小苏迎的号哭声在耳边响起，接着眼前的画面就一暗，苏迎竟然溺水向海底沉了下去。而我竟然还能感受到海水的压力，感觉是如此真实，我不禁为苏迎和我自己担心起来。

果然不一会儿，我也感到呼吸困难，身体沉重。我不禁急得大喊路云，却发不出声音来，吓得魂飞魄散。

正在这时，最不可思议的画面出现了。在已经失去意识的小苏迎面前，好像有一团光由远及近地漂来，接着，在我的眼前奇迹般地出现了一个我从未见过的神秘生物。那个生物的形状好像是一只巨型的水母，几乎和一个成年人一般高，但没有那样长而多的触手。它仿佛从自身能够发出光芒，照耀出它身上闪烁着的璀璨的颜色。从正面看似乎能找到五官的痕迹，看得见眼睛在转动。它以惊人的速度从远处的海底游近，张开它似乎能随意变形的身躯，变成一个球形，将小苏迎裹在里面，而且我感受到在这个空间中还有充足的氧气，小苏迎渐渐恢复了意识。

海底人！我不禁震撼了一下，一定不会错了，难道这就是海底人吗！原来，苏迎确实有与海底人的一段奇遇。

　　接着，我们，也就是我和当时的苏迎一起展开了一次前所未有的海洋之旅。

　　刚开始时，我的耳边一直响着苏迎的哭声，令人心酸。然而更令我惊异的是，另一个声音，一个嘹亮的男声，也在耳际响起，竟然发自那个海底人。难道海底人使用的语言也是中文吗？这是苏迎的记忆所不能解释的，唯一可能的是，海底人拥有高超的智慧，自行学会了苏迎使用的语言。那样的话，身为人类的自尊心又不愿予以肯定。

　　海底人不断地安慰着苏迎，拼命安抚她。然而苏迎乍逢剧变，心里万分害怕，又身处在茫茫大海之中，孤立无援，海底人一时也毫无办法。

　　然后画面一转，眼前呈现出一片只有在童话中才看得见的景象。在海底人的保护下，苏迎好像坐在一艘透明的潜水艇中，也不知经过了多少路程，终于来到了海底人居住的处所。海底人的建筑好像是巨大的贝类的形状，又像是海葵类一般生着巨大的触手，在海草的映衬下，五颜六色，非常绚丽。我相信，现在人类认为的最美的珊瑚礁，也不及眼前所见之万分之一。

　　海底人一边向苏迎介绍着，一边和她讲述一些海洋的趣事。时不时有好奇的鱼从身边游过。我终于听到苏迎发出银铃般的笑声。我想，见到这种景象，什么烦恼也一定烟消云散了，更何况当时的苏迎还是一个小孩。海底人也显得特别高兴，带着苏迎在海里四处遨游。

　　"这些都是真实存在的，绝对不是她的幻想。"也许是这景象太美丽了，路云忍不住在我耳边插了一句。

　　"别破坏气氛好不好！"我还是对路云刚才的"见死不救"有些恼火。

　　在海里旅行了好一阵，我从由明到暗再转明的次数推断，肯定超过了一个星期。海底人给苏迎提供了许多从未见过的食物，有的是状似珊瑚但甜甜的东西，有的是小鱼。海底人在海底当然不能烹饪，但这种鱼生吃起来与煮熟的完全无异。虽然我不会饿，但我也能感受到一些。现在我明白，我只能感受苏迎记忆中所记得的感觉。

在晴朗的一天，海底人把苏迎送上了一个无人的海滩。苏迎听说要分离，不禁难过地流下泪来。海底人连忙安慰她："不要怕，我会一直保护你的。"

这句话说得如此温柔，连我都不禁感动。那声音如此诚恳，会使人不由自主地产生信赖感。

"可是……"小苏迎抽噎着。

"你始终要回家的。你爸爸妈妈应该已经没事了，你再不回去，他们会着急的，以为你再也不回去了。"

苏迎似乎被说服了，但仍哭个不停。

"我很怕……"

"不用怕，我向你保证，我一定会一直保护你，不让别人欺负你的。"

"真的？那……那你和我一起回去吧。"苏迎破涕为笑，天真地说道。

"不行啊，我是海底人，不能和你回去。"

"那你骗我！我不要回去！"苏迎急得又哭起来。

"别哭，我没有骗你。我告诉你一个秘密哦，海底人是可以变成人类的。传说中有这么一个地方，海底人可以在那里变成人。虽然地点早已失传了，但我相信我一定能找到。我现在去找，然后立刻来保护你。你先回家，好好等着，我一定遵守诺言。"

最后，小苏迎被海滩的巡逻人员发现，就此获救，回忆也就到此结束。我睁开眼睛，发现自己又回到原来的地方，恍若做了一场梦一般。路云笑嘻嘻地看着我，苏迎则仍未醒来。

"她的精神症结所在已经找到了。"路云笑道，"因为小时候遭受海难后太过恐惧，之后的经历又如此离奇，大脑做出正常的保护行为，就是那

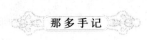

种所谓的'抽屉现象'，将记忆暂时封存，但在潜意识中还是会不时地出现，而使记忆出现混乱，这很正常。"

"我试着把她的记忆重新梳理了一遍，已经没有事了。"

过了一会儿，苏迎醒了过来，脸上还挂着泪痕，但那个笑容是我认识她以来见到过的最灿烂的笑容。

"那感觉真是太奇特了，太棒了。"她向路云说道，"要感谢你让我重温了一遍那些记忆。"语调非常温柔。

"你以前还是记得一些吧？关于这些记忆？"我问道。

"嗯。梦中常常见到，有时游泳时、泡澡时也会想起一些零星但是跳跃的片段，但这么完整还是第一次。现在，我已经清楚地记起来了。"她的双手安静地叠放在膝盖上，不再拨弄头发，一脸的平静和满足，眼神显得非常坚定。

"都想起来了？"

"是的。"

"看来整件事已经有结论了。"我定了定神，站起身来望了路云一眼。

"什么？"苏迎迷惑地问。

"尽管有一些地方尚不清楚，但可以相信整件事确实都与海底人有关。而志丹苑遗址，我基本肯定它就是救你的那位海底人所说的，可以把海底人变成人的地方。"

我不禁有些激动，声音也有点颤抖。我终于找到了事件的真相，原来从一开始它就藏在苏迎的脑中。

"我就知道，一定是的！"苏迎双手握拳，激动地说道。我听见她仿佛喃喃自语般地说道："一定是他来了，我知道他会来的。"我想，她一定是指那个神秘的海底人。

"那么接下来该怎么办？"路云问道。她已经完成了我请她帮忙做的事，但显然也对这件事饶有兴趣。

"嗯……"我看看苏迎,一时也不知该怎么说。我也没有料到会在苏迎身上这么快就找到答案,接下来难道真的帮她找海底人?我沉吟半晌,就在这时,门铃突然响了。

苏迎一如我所知,人缘并不太好,平时连电话都没有一通,不知道是什么人会上门找她。苏迎自己也有些迷惑,过去开了门。

"嗨,苏迎,好久不见了!"声音很熟悉,难道是……糟了!

我心一沉,暗叫不好。门口站着的竟然是水笙,还拎着一袋什么东西,身后站着一个陌生的中年人。只怪我这两天满脑子都是志丹苑考古的事情,而奇怪的事又是一件接着一件,我都差点忘了我只是暂时借水笙的房子住。这下岂不是又要无家可归了?

水笙一探头,看见我也在这里,不胜诧异,问道:"那多,你怎么……也在这里?"我有些尴尬,来不及回答,路云突然从一旁抢上前来,一把将苏迎拉到身后,脸色铁青,如临大敌地沉声喝道:"你是什么东西?"

路云身上发出的慑人气势让我也震了一震。水笙脸色也变了,却装出一副听不懂的样子与那中年人对视了一眼,问路云:"你说……什么啊?"

路云一只手挥起,手指忽跷忽弯地又结下一个神秘的手印。我立刻一阵眩晕,我已经被拦在了路云身后,却还是受到波及,可想而知,正面的两人会受到多么强的冲击。莫非幻术真的和密宗有什么联系?手印的运用,其奥秘究竟何在?姿势,速度,频率,共振,又或是……迷惑?一瞬间,我脑中闪过多个词语。

苏迎显然也受到影响,我们不约而同地对视一眼,随即把目光投向门口的二人。

水笙还是若无其事,但脸色已经有点发白,强自笑道:"什……什么事啊?"

虽然如此,但他身后那个中年人的手突然像融化了一般,一直好像流到了膝盖以下，然后立刻扭曲、弹动着恢复原状。尽管是很短的一瞬，但那种不正常的扭曲，我们都已经亲眼看在了眼里。

看到这种景象，我掩饰不住心里的震惊，脱口而出："海底人！"它显示出的那种质感和颜色，都与刚才苏迎记忆中展示的海底人一模一样，并无二致。

路云放下手来，没等还在装傻的水笙开口，先用冷冷的口气说道："别装蒜了。刚才那一下，如果是普通人早就倒下了。你的精神力真的很强，但你绝对不是人类。那多说得没错，你们是海底人吧。你们有什么目的？！"

"请原谅。"水笙在沉默了一会儿之后终于开口，"我们没有恶意。"

苏迎早已惊得用手掩着张大的嘴，目不转睛地盯着二人。

"好了，别在意。"路云微笑起来，转而用招呼老朋友似的口吻拍了拍水笙的肩，"我们也一样没有恶意，不过接下来，希望你还有你的同伴好好跟我们把话说清楚。"

水笙和他的同伴坐到了沙发上。我还是不敢相信这个我报社里的记者后辈，害羞老实的年轻人竟然是海底人。再次沉默了好一会儿，思考好究竟该如何开始叙述后，他终于开口了。

"我的确是海底人，这位是我的同伴，我们的确不是人类。

"其实海底人的存在比人类要早很多。大概几万年前，我们的历史就开始了。说起来，用你们的进化论观点来看，我们可能是从水母进化而来，也就是根据你们的分类法，我们属于软体动物这一类。要比人类早了好几个阶段。"

我想说，那不是比我们原始好多，又觉得这也是根据达尔文进化论的观点所说，而达尔文百分之百是在不知道海底人存在的情况下形成他的理论的，便住了口。

"我们虽然形成了文明，但我们与人类的想法不同。我们海底人注重自身能力的锻炼，而不是思考如何利用工具，也就是你们所说的发展科技。因为海底的资源十分有限，所以到现在为止，海底人的生活都很简单原始，而科技方面几乎没有什么进步。但海底人的身体素质方面的能力都很强，与人类完全不同。"

"那你怎么会变成人的模样呢？"我问他道。

"这事就说来话长了。"水笙长长叹了一口气，"要从一个很早以前的故事开始说起。"

"那是六百多年前吧，就在中国这里，应该是元朝末年的时候，有一个叫……"他一时想不起来，他的同伴接口了："……阮镇山。有一个叫阮镇山的人。他不知从哪里得到了一种仪器，先进得不可思议，可以让一种生物以另一种生物为蓝本进行变异。这段历史由我来说吧。"我们便静静地听这位看起来有点沧桑其实是海底人的中年人说下去。

"这个阮镇山是当时的一个起义组织，叫作明教——明教你们应该知道吧——阮镇山是明教江南地方分舵的一位舵主。他当时起兵反元，需要强大的力量。由于他曾经有过奇遇，知道并且了解我们海底人的存在，所以他想到了我们海底人。"

"海底人？"我们不解。

"他得到的那种仪器，使一种生物向另一种生物变异时还会保持原始的一些特殊能力。他就是利用这一点，把一些海底人变成人类的样子，同时保留他们改变形状和刀枪不入的能力及身体素质。实话告诉你们，我当时就是这些人的其中一员。"那个中年人缓缓道来，我们都吃了一惊。

"当时海底人为什么会甘于被他利用呢？"路云插嘴问道，"如果你们的能力真的比人类强很多的话。"

那海底人好像对路云的这句问话有些不乐意，但又惧怕路云的能力，不敢发作。他起身走到水族箱旁，把手伸进水族箱中，然后捧起一些水来留在手心里，一握拳，一股细小的水柱"哔"的一声从指缝中激射而出，

在墙上打出了一个小深坑。

我咋舌不已，心想我们平时在泳池中常玩的游戏到了海底人手中竟成了致命的武器。路云"喊"了一声，很不以为然的样子。

"海底人，也就是我们那时候都是自愿变成人的，是我们求他，而他以打败元兵为交换条件。"他坐下来继续说道。

"为什么？"我不禁问，"交换什么？"

"为了一样海底人得不到而非常想要得到的东西。"水笙忽然说道，看了一眼苏迎，忽然好像脸红起来，"就是被你们人类形容得奇妙无比的——爱情。"

"很早以前，我们便看一些人类所写的书籍，很多书里都会提到世上最美妙的东西就是爱情。而我们海底人是没有性别概念的，我们是无性繁殖。所以我们非常向往爱情，本着这种想法，我们才会想变成人类。

"那是因为我们的寿命很长，对时间的概念与你们完全不同，所以对任何感情我们都比较淡漠，不像人类那般强烈。我们会有愤怒或者哀伤，但对我们而言，在几千年的生命里，这些都太渺小了，不值一提。然而人类常说，为了爱情他们甚至可以牺牲他们原本就极为短暂的生命，这是我们不能理解的。我们猜想，那一定是我们无法想象的美妙而伟大的东西。"

我不由得微笑起来，原来是为了这样的理由，我又想起水笙房内的 A 片，更是好笑。我看了一眼苏迎，发现她神情严肃，认真地听着。转念一想，如果人的寿命也能达到这么长，许多看起来重要的事确实变得微不足道，或许伦理什么的也会不复存在。想到这里，我不由得肃然起来。

"对阮镇山来说，"那个中年人继续说道，"我们这样没有什么心机，也不喜欢你们人类所谓的权啊势啊的，海底人正好可以帮他的忙。如果他把一些狮子或虎之类的猛兽作为蓝本变异出人，他根本就控制不了。他是个非常聪明的家伙。我们在战场上当然是百战百胜，在人类看来，我们个个力大无穷。其实还没有开打，对方那些人类见我们肢体展开的那种样子，早已吓得要死了，好一阵子人人都说我们是妖怪。不过在战场上，我们确实势如破竹。"

我想到记述当时明朝起义时常常用"食菜事魔[①]教"来形容明教，恐怕和他们大有关系。这也就难怪了。

"不知为什么，我们当时只能以男性人类作为蓝本进行进化……"

我突然想，为什么一定是变成男性呢？从繁殖的角度讲，雄性生物一般在繁殖中起主动作用，也就是说，这个所谓的变异的仪器所要起的，是一种引导生物往人类所期望的方向进化的作用。那这个仪器会是什么人制造的呢？也许是远古外星人留下的实验性的引导生物进化的仪器吧。那样说来，或许地球就是外星人一个巨大的实验基地。这些都是我后来的分析，和梁应物偶然说起时，他也表示存在这种可能性。

"但是事与愿违，我们变成了人，却还是不了解什么叫作爱情。一开始，我们根本无法分辨男性人类和女性人类。"那海底人叹了口气，"面对女性人类，我们根本没有什么异样的感觉，那时候阮镇山说的生理反应完全没有。"

我当然猜到所谓生理反应是怎么回事，不过有苏迎和路云两大美女在一旁，谈论这种话题真是有些尴尬。简单来说，就是一众海底人纷纷"不举"，我在心里总结道。

那海底人倒也颇识趣，没有在这个话题上纠缠下去。他继续说道："我们无法享受任何所谓人类的爱情，更不要说繁衍后代了。很快战争结束，阮镇山同意帮我们变回海底人，重新回到海底生活。

"最开始的时候，阮镇山建造了一个人坛，把仪器供奉在里面。那座人坛造得非常精美豪华，阮镇山几乎花光了他所有的资金，动用了尽可能多的人力、物力来建造这座人坛。前后建了三个月，在人坛通往顶端的阶

---

① 食菜事魔，明教提供素食，供奉摩尼为光明之神，时人称之为"食菜事魔"。

梯上，还采用了一根根木桩支起青石板铺路的设计，人坛四周还竖起柱子，搭起横梁。他希望用这种方式表示对海底人的尊敬，同时也显得庄重。至于变人的蓝本，这仪器会自动诱捕，毫无迹象可循。"

说到这里我已经明白过来，原来志丹苑遗址就是他们所说的"人坛"所在。

"后来，他还在原地又建了一座水闸来掩人耳目。战争结束后，在他的帮助下，我们就这样回到海里。"海底人苦笑起来，"所有尝试过做人类滋味的海底人被族长狠狠地教训了一顿，受了不少惩罚。我们一直认为海底人的历史比人类悠久太多，要优越于人类，这次却都被当成人类的手下供其驱使，无疑是奇耻大辱。从此我们就立下了规矩，不许再有海底人接近人坛，也不许再有人提起关于人坛的事。最后，人坛就成为一个秘密的传说，在海底人之间流传。"

"于是现在人坛就在这里了。"我笑道。

"我的运气很好。当时战争仍未结束，我实在觉得没有待下去的必要，人类的凶残使我非常不快，于是我找到阮镇山，让他通过人坛把我变回海底人，回到了海中。后来他在战乱中死了，然而他当时把人坛中的仪器的秘密一直保守得很好，对外人只字不提这支可怕军队的来历，族人也知之不详。结果人坛的具体位置和仪器的下落也就无人知晓，许多当时被他率领的海底人，有的终于还是死在战场上，有的被敌人俘虏后当作妖怪处死，最终也没有回到海里。他有不少子孙，有的当时也曾和我们并肩作战，后来也一直拼命寻找人坛以及那失落的仪器，却一直找不到。于是，人坛这件事在他们的家族中就此成为传说。"

我恍然大悟，阮修文一定是阮镇山的后人。这个传说一定在他的家族史中有所记载，所以这次他也志在必得，要补完这一笔。

"说完这一段最早的传说，然后就要说到十五年前……"

苏迎立刻紧张起来，身体也有些颤抖。我便代她问道："十五年前怎

么了？"

"十五年前，一次很偶然的机会，我正好碰上一艘船在海上失事，我救起了……"水笙一边说，一边抬头看着苏迎，"……苏迎，你，你还记得吗？"

苏迎已是热泪盈眶，点了点头说道："真的是你……我早该想到的……是你回来了。"

"我说过我会遵守诺言的。我既然说过会保护你，就下定决心要到陆地上来，到人类社会中来生活，来保护你。"

海底人果然说话也毫不含蓄。

"那你已经找到那个仪器了？是通过那个仪器变成人的吗？"

"不是。"水笙苦笑道，"你刚才也看见了，和他一样，我根本上还是海底人。我是靠我自己硬撑起来把自己弄成人类的这个样子的。"

"水笙是所有海底人中最有能力的一位。"另一个海底人插嘴道，"只有他才能做到一直维持人的形状生活，你们不知道那样对我们来说意味着什么。"

我注意到这个海底人的面目确实与刚才进来时不一样，仔细看会发现，他脸上的器官好像一直在一点点地浮动，颇为吓人。

"确实如此。就好像捏泥人一样，要把自己捏成一个人类的形状，还要用一点点的身体部分撑起整个身体的重量每天直立行走，确实非常困难。连睡觉时也不敢大意，就怕一旦散开了自己忘了原来的脸是什么样子了。"水笙面露痛苦状说道，"我本来想一直就这样悄悄伴在苏迎身边保护她，因为海底人的寿命原比人类要长，等她去世了我再回到海中。没想到几个月前，通过你的关系，我竟然直接和苏迎相识了，那多。"

"以人的形状每走一步的痛苦是你们难以想象的。而且，这会缩短我们原本还算悠长的寿命，保持固定的面具形状会耗损我们巨大的能量。"另一个海底人补充道。

我这才明白，为什么水笙时常给人以体弱多病的感觉，总是虚弱不堪，原来他无时无刻不在忍受巨大的痛苦。

　　"可是正式认识了苏迎之后，"水笙又提高声音说着，可不敢朝苏迎看一眼，"我又觉得不甘心。我……"

　　水笙握紧了拳头："我想要变成人类。我答应过苏迎，所以我一定要变成人类。我每天都这么想，后来说来也巧，就在我住的志丹苑发掘出了遗址。"

　　"这么说……"

　　"当时我就知道这里是人坛了，可是一时找不出那个仪器的所在。我也不知道当时阮镇山把仪器拿走了还是藏在了哪里。我以人的样子来到人类社会后，就一直在找人坛和那个传说中的仪器。我在这里有一天感受到了微弱的波动，我知道那个仪器就在附近。所以，我就去找以前曾经用过这个仪器的同伴来帮我的忙。"

　　"所以你说回老家探亲了。"

　　"我确实回老家——大海走了一趟。因为他知道怎样运转这个仪器。"水笙解释。

　　"那么，我今天碰上的迷魂事件是怎么回事？我今天好端端的突然像是中了催眠，被带到了一口井上……"

　　"就是它了！"另一个海底人听了我的话叫了起来，"我还记得，这个仪器有非常神奇的诱捕蓝本的功能。当时阮镇山也是用这个功能让它自动找到了一些人来做变异蓝本，而他们本人都不会记得。他就是这样发现这个仪器的。"

　　"事情就是这样。"水笙叹气道，随后转头望向苏迎，"苏迎，对不起，我瞒了你……"

　　水笙的话还未说完，苏迎一把抱住了他，眼里流下泪来。

　　"我也一直在找你……一直在找你……我知道你说话会算话的……我

知道……"苏迎一边抽泣，一边喃喃低语，紧紧抱住水笙。水笙也显得十分激动，用力点着头，也许海底人不会轻易表露自己的情绪吧。

就这样，我们谁也不忍打扰他们，静静地看着为他们高兴。过了好一会儿，苏迎的情绪才平静下来，缓缓地和水笙分开。

这时我想起了什么，转头问另一个海底人："最近好像这个仪器出了问题啊，这是怎么回事？"然后，我将碰上的猫和蟑螂还有鱼的变异事件加上我对蚯蚓的推断告诉了他。

"一定是有一条蚯蚓爬到了仪器上，被仪器当成了蓝本。"他想了想后说，"但是有这么多生物产生不寻常的变异，说明仪器有些不稳定。"

"这么说来，事不宜迟，我们赶快去找出那仪器来。"我站起身来总结道，"为了你们，也为了这附近的生物还有人类，不知道它还会发生什么样的问题。"

说罢我们就动身前往那口古井处。路云走在最前面，她看来对我没让她错过这次难得的经历非常满意。那个海底人紧随其后。

原本水笙该和苏迎走在一起，他却快步赶了上来和我在一起。

"真没想到啊，那多前辈，你也不是一般人。"

"不是，我是普通人，只是好奇心重，又认识几个不一般的朋友而已。"我耸肩道，"用我们的标准来说，你的年纪已经好大了，就不要叫我'前辈'了吧。"

"呵呵。"水笙笑了起来，我想到一件事。

"你快告诉我，你房间里那么多 A 片、A 书是怎么回事？"说着自己也不禁好笑。

不料水笙听了还会脸红。他偷眼看了看苏迎，又瞧了瞧前面的同伴，扭捏地低声说："其实我是听先辈说他们不行，来了以后才知道是怎么回事。为了以防变人后的万一，所以……所以那个早做准备，以免重蹈覆辙嘛。"

"哦……有没有效？"我笑着问他，总算解开了这个重大谜团。

水笙尴尬地摇了摇头，故意侧了头不让苏迎看见。

"没关系，变成人就可以了。对了……"我又想起一点，问道，"能不能透露一点，你们海底人是怎么修炼你们的力量的？可不可以教教我？"

"海底人和人类根本不一样，怎么个教法？倒是这个叫路云的美女，你从没提过，这么厉害，比我们还强大的样子，你怎么不跟她学？"

"哦，这个嘛，嘿嘿。"我打了个哈哈，便默然无语。

第七章

心愿

Chapter 7

又走了没多久，我想差不多应该到了，却听得路云叫道："那多，你看！"我赶上几步，发现那条弄堂灯火通明，里面竟被拦起来了。走到弄堂口，再一看，许多人围着那口井正在施工，阮修文赫然站在那里指挥。

我暗叫不好。

"是 X 机构的人。"我向路云说道，"而且指挥的那人见过我，对我早就有疑心，我们不能被他看见。"说着带着其他三人急急退了出去。

X 机构不是简单的组织，办事能力之强不亚于军队，在弄堂外的行人也很有可能是他们的人，一旦发现可疑，会迅速地查到你的身份。如果需要，便会果断采取行动。

更何况，阮修文已经对我有了防备，被他发现的话，我们就没有机会了。

这样看来，X 机构已经发现了仪器的所在地。其实很简单，我能够判断出来，一早便熟知内情的阮修文当然也可以。我不由得焦急起来，一旦X 机构得到了那个仪器，水笙是绝不可能安安稳稳地变成人的。

"我去打听一下情况。放心吧，没问题的。"路云对我说完，便一个人翩然走进弄堂里。我暗自为她捏一把汗。

过了一会儿，她走了出来："现在干着急也没有用，我们先到对面的咖啡厅里坐一会儿好了。"她看起来胸有成竹，大家只好照办。

"他们正在施工试图打通那口井，因为太老旧，井里面早就堵住了。"

路云在大家坐下后解释道，"我们现在进去了也没用，倒不如以逸待劳，先等他们打通了井道再说。"

我答应着，心中猜想，阮镇山恐怕便是所谓处理神秘事件的大家族阮氏的真正始祖。他率先开始了与异世界的接触，所以他的后代也理所当然地从事这样的工作。阮修文这次确实从一开始就知道这件事是怎么回事，而冲着他神秘的祖先的"宝贝"而来，可那神秘的仪器并不在志丹苑中的考古工地内。

我们在咖啡厅里聊了一会儿，我又了解了一些海底人的生活。大约两个多小时过去了，水笙焦躁起来，起身说道："我再去看看。"

"别乱来。"路云道。

"放心。"

"我也去。"苏迎忙道，快步跟了上去。

"不会出什么事吧？"我担心地问路云。

"没事的。水笙是非常厉害的海底人，同时他也懂得冷静。"另一个海底人道。

我呼出一口气，倒是有点担心苏迎。从刚才走出苏迎家开始，水笙就好像有些刻意躲着苏迎，也不知是什么原因。苏迎一定有些不快，毕竟苏迎等了他这么多年。说实话，我心里还真有点酸酸的。

"我上个厕所。"我说着也离开了座位。

"小心点啊。"路云一脸坏笑地看着我。

"知道。"我被路云看穿了目的，有些尴尬，但还是快步走了出去，偷偷跟在水笙和苏迎身后不远处。

两人在一个花坛边坐了下来，正巧花坛的另一边与他们隔了一排冬青树。我在另一边安安稳稳地坐下，隔着树丛还是能清晰地听见两人的对话。

"我真没想到。"苏迎轻轻地说。

"对不起。"水笙歉然道，"没办法，我必须信守诺言，又实在找不到人坛。"

"我不是说这个。"苏迎道,"其实我一直以来都觉得有人在看着我,跟着我。我恢复了记忆以后,还以为那也是我的错觉,但现在想想,是不是你呢?"

水笙沉默不语。

"其实,只是为了一句话,没有必要勉强自己陪着我的。"苏迎又道。这口气使我听了一阵犯疑。

"不是这样。是我自己愿意的。"水笙忙道。

接着,他叹了口气说道:"你一定觉得我们海底人很傻吧,为了那种事情还会帮人打仗,白跑一回。我很能了解他们的心情。"

"哦?"

"其实你说得没错,我一直在暗中看着你。我也可以随意变化我的模样,让你认不出来。后来渐渐地,我发现其实你并不需要我的保护,我的存在对你来说并不重要。"

"不是这样的,是……"

"先听我说完。"水笙的语气坚定起来。

"我本该回去的,但我发现我不甘心。我到底不甘心什么呢?不能保护你,还是对你没有意义,会被你遗忘?我认为是后者。所以我安定下来,固定了一个面貌,来到你身边。"

"我真的没想到是你。"苏迎轻笑道。

"我发现和你在一起非常开心,每天的日子过得很充实。尽管身体承受着巨大的痛苦,但我一点也不在乎。而且这样的话,我的寿命也可以变得和你差不多,这样一想,我反而更加高兴。于是我想,这大概就是他们所说的东西了。"

苏迎轻呼了一声:"从……数千年……到数十年吗?"

"无所谓。"

"是吗……"苏迎的声音渐渐低了下去,我一阵紧张,稍稍探了探身。

"我还是不太清楚。"水笙说道,"我想,只有等我变成人,一切才会真正明了。这一次,我说什么也要成功。"

我听在耳里,也下定了决心,一定要帮他达成心愿。

"对面的人好像少了,应该是晚饭的时间了,我们要抓紧机会,先回去吧。"

我连忙赶在他们之前跑回了咖啡馆。

"好长的一趟厕所啊。"路云还在开我的玩笑。

水笙和苏迎走了进来。这时,从对面弄堂里跑来一个工人打扮的大胡子,径直跑到路云跟前,目光呆滞,说了一句"打通了"就又跑了出去。

"好。"路云整理了一下衣服,"可以出去了。"

我问路云:"迷魂?简直是操心术嘛!"

路云向我嫣然一笑。

我一下子感到天旋地转,只觉得那个笑容美得要让我把一切都忘却一般,猛地回过神来,才知道险些又被路云迷住,变得和那工人一个德行了。

我忽然了解到,她的美貌就是她施展幻术的最好媒介。我不相信有人会对她毫不动心。即使是女人,也会惊异于她的美貌。我估计那些变成过人的海底人要是再见到路云,心房一荡,就会被这个幻术大师乘虚而入。

短短的路上,我问路云:"你有什么办法了没有?是不是照例使用幻术,将所有人等一次搞定?"

"哪有这么容易!"路云苦笑起来,"那里的人从脚步、眼神来看,都是受过专门训练、经验丰富的专业人员。对于精神力量强、够坚定的人,幻术绝不是万能的。当时在人洞那次,是借了阵法的力才办到的。"

"那我和水笙进去,直接把所有人统统打倒不就完了。"另一个海底人不耐烦道。

"不可以!"我连忙阻止,"那里面都是我们国家 X 机构的人,你们这样一闹一定会出事的。到时候一发不可收拾，苏迎和水笙会有大麻烦的。路云，你也要小心，这个责任我们可负不起。"

"我会小心行事。"路云说着远远见到阮修文，低低喊了一声"不好"。

"怎么了？"

"我刚才没注意，那个人的眼镜是特别的，对幻术之类的法术有特别的抵御力。"我暗想，不愧是阮家的人，同时暗暗佩服路云。

"那怎么办？"我不禁望了一眼焦急的水笙和紧紧依偎着他的苏迎。

"我相信，一对一的话我还是能够控制住他。但同时兼顾周遭的人，几乎不可能做到。"路云脸色凝重地说。

"事到如今，也只有赌一赌了。"水笙说道，"错过这次机会的话，可能就没有下次了。"

我们走进弄堂，路云一个人在最前面，把我们挡在身后。

阮修文转过头来，一看见路云就震了一震，然后紧紧盯住路云，似乎完全看不到身后的我们。

水笙和另一个海底人立时便要出手，路云将两人拦住。向 X 机构的人出手实在太危险，他们身上可能都带有高科技武器。一旁的工人诧异地看着我们，都停下了手中的活。

路云和阮修文依然紧紧盯住对方，看起来阮修文一定意识到自己的处境，拼命地想移开视线，怎奈毫无办法，整个脑袋都好似僵住了，颈骨发出"咯咯"的声响，额头沁出了汗珠。路云浅笑着，眼波流动，看起来轻松，实则凶险，因为幻术一旦失败，施术者就会为其术所反噬。阮修文不愧为阮家后人，死命守住精神的防线，只见他的眼镜镜片上映出绚丽的光彩。两人正在精神的世界里死斗。又过了短短几秒钟，只听"啪"的一声，阮修文的眼镜摔裂开来。

情况已经到了最危急的时刻，我看见有人正从衣袋中拿出手机，所有人都已经把视线转向这边。如果路云还不能立刻将阮修文解决，然后镇住其他人的话，我们就彻底完了。我的额头上已经沁出了豆大的汗珠，我攥

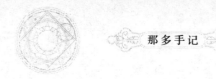

紧了拳头。

然而情况不容乐观，阮修文不愧为名门之后，他竟然还向前踏了一步。连路云都滴下了汗珠。我们所有人的心都一凉，在那边的工地上，已经有人在拨电话号码。

就在这时，真是人算不如天算，就在我的心脏要跳出喉咙口时，我忽然觉得脑门一晕，天旋地转，便不省人事。

"起来啦，那多！"

我睁开眼，看到路云。

"怎么了？"我连忙一翻身坐起。

一看四周，没想到，连同阮修文在内的所有 X 机构的人，全都横七竖八地躺在那口井上，个个都睡得很香。水笙和他的同伴在一边正扶起苏迎。

"是仪器突然运作了？"我问路云。

"嗯。而且这次是能量极强的一次爆发。除了我和你的海底朋友，没人能幸免于难。"路云笑道，"多亏这次运气好，不然恐怕我是拿不下来了。"

"哦。"我长长舒了一口气，"谢天谢地！"

"是天意吧。我的功力还需要精进才行。"

"他会不会记得我们或是你的事情？"我指了指睡着一动不动的阮修文问路云。

"不会。我让他只记住了自己被那口井里的东西迷魂的幻觉，意志坚定的人难以被幻觉所侵，一旦防线被击溃，同样容易相信幻觉里的事情。"

"原来人被它迷魂之后，就会慢慢朝它走去，要不是刚才那海底人跑过去把盖子盖上，这时候这群人已经又把井堵住了。"

我听了大为放心："那么，我们赶紧办正事吧！"这时苏迎也已经醒来，与两个海底人一起走到井边。我们将失去意识的人搬开，再打开井盖。

接着，另一个海底人便下井去寻找仪器。在我看来，他更像是一团液体般缓缓滑下去，而不是爬下去的。

不多时，他从井里出来，恢复成人形，而手里拿着的，出乎所有人的意料，只是一根比手腕细点儿的黑黝黝的毫不起眼的铁棒。两头好像刻着看起来不一样的花纹，一头还缠着一条肥大的蚯蚓。

"这就是那个先进的神秘仪器！"那个海底人兴奋地宣布，一手剥落那条蚯蚓，"而这就是那个现行犯了。"

我看着那个看起来平凡无奇的仪器，不由得想起一句时髦的话：简约就是美。我想，不管这个仪器是谁制造的，它的先进和简约的确是现代人类的技术水平难以企及的。

"久违了。"那个海底人抚摸着它，感叹道。

"那多！"水笙把我从遐想中唤回来，"你可不可以……帮我个忙？"

我一愣，随即恍然大悟："你想以我为蓝本变人？"

水笙有些不好意思地点了点头。

"我当然没有问题。不知道苏迎乐不乐意？"我笑着问他。

"当然啦。这样我会觉得非常高兴的。"苏迎立即说道。

"但是，这个仪器看起来好像出了问题，一般来说蓝本肯定不会有事，不过也不是十分有把握。"另一个海底人警告道。

我听了心下倒也有些紧张，然而我看到水笙和苏迎脸上的表情，一股英雄气概油然而生，再加上路云不知故意还是无意地说了一句"小心"，我不禁意气风发，毅然说道："来吧！"心想就算出什么问题，不就是改变点生活习性，有什么大不了的。

我握着刚才缠着蚯蚓的一头，水笙握着另一头，在海底人的指引下，我们沿各自相反的方向扭动铁棒，彼此的力量并没有相互抵消，而是成了仪器运作的能量。

在这种原始的动作驱动下，仪器发出微弱的光芒，开始运作。

我的手微微有些发麻，注意到另一头水笙的容貌已经开始起了变化。

而我自身并没有感觉异样，心下不禁还是有点紧张。我偷眼向苏迎看去，她一时紧张得掩住双眼，不敢看过来。

很快这个变人的仪式告一段落了。我仔细端详了一下水笙，发现他的样子和我微微有些相似。再检查一下自己，也没有什么问题。

"我没有把变异进行到完全的程度。"水笙解释道，"一来因为要是完全变成你，两个那多并不好玩；二来我可以保留更多海底人的能力。"

"我也不想莫名其妙地多个双胞胎兄弟。"我笑道，"你保留了什么能力，展示一下看看吧。"

"打我吧。"他指了指他的胸口，一脸坏笑，"这次真给你添了不少麻烦，我很过意不去。"

"哼，说得好。"我也忍不住笑起来，一拳朝他指的胸口打去。谁知打到他胸前，拳头竟无声无息地陷了进去，一拔之下还没拔出来。

"怎么样？"水笙问。

我大笑起来："你大概连子弹都不怕了吧！可以去中东地区做他们领导人的保镖了！"

我们开怀大笑，水笙把仪器扔回了井里。因为我们并没有能力去发现仪器出了什么问题，是否会影响其他生物，但Ｘ机构能。剩下的工作自有人会完成。

然后是简单的收尾工作。我们把一个个昏迷不醒的施工人员都摆到井边，装成被迷过去的样子，当然阮修文也不例外。路云告诉我们，再过一小时阮修文就会醒过来，然后坚信他刚才是被迷魂而失去了知觉。

就这样，志丹苑考古遗址的事件完满结束了。苏迎和水笙给我留下了一个手机号码，之后两人便一起离开了这座城市。我又好像什么事也没发生过一样，回到了闲散舒适的记者生活。

又过了一个月，梁应物忽然找我喝茶。

"你小子别装了！"梁应物不善言辞，坐下来劈头盖脸就是一句，"志丹苑遗址的事，你搞鬼了吧！"

我深知这位老友的脾气，向他吐吐舌头做了个鬼脸："没有啊！"

"嘿嘿，真有你的。"梁应物笑了笑，"你那天问我阮修文，我就怀疑你了。"

"嗯，不愧是事后小诸葛。"我赞道，"不要随便诽谤人，你有证据吗？"

"没有。"他倒也爽快，"不过 X 机构已经怀疑那天出了问题。阮修文的记忆有点异常，而且他家传的秘宝——那副眼镜都摔碎了，这点极为可疑。但解锁阮修文的记忆，连我们机构里最优秀的催眠师都做不到。所以到目前为止，没有出现任何指向任何人的不利证据。不过我猜到是你，阮修文也说起过你。不过他认为，你没这个本事。"

"没有证据嘛。"

"那你想不想知道那台仪器后来怎么样了？"

"……怎么样了？"

"其实那台仪器已经老化得不成样子，因为年代过于久远，所以才会变得不稳定。我们拿回实验室没几天，它就彻底报废了，拿去做实验的蓝本样品统统死亡。"

"哦。"我听着暗自庆幸自己的幸运，同时又有些担心。

回到家里，我拨通了电话。

"喂？"

电话那头传来一片海浪的"沙沙"声，我几乎可以感受到阳光的气息。

"喂，那多？"

"是啊，水笙，最近怎么样，还正常吗？"

"正常？是啊，一切正常。"

"我只是刚才听说，那个仪器确实不稳定，现在已经报废了，你现在的变……变化情况没问题吧？"

"当然！我们都很好！哈哈哈！"水笙也许是实在太高兴了，大笑起来。

我松了口气。

"对了，那多！"

"嗯？"

"现在，嘿嘿……"

"怎么了？"

水笙突然压低了声音。

"Ａ片已经用不着了！"

这次是我忍不住大笑起来。

伴随着海浪的声音，电话里还传来一阵苏迎银铃般的娇笑声。我想，水笙一定正在某片沙滩上，和苏迎一起享受大海、阳光和作为人的生命。

我微笑着挂了电话，看看窗外，一群考古学家还在装模作样地在工地上巡视。我打了个哈欠，舒服地躺在了床上。

不算尾声的尾声

这篇手记是很多年前写下的。如今，已是 2009 年。

我看到了这样一则新闻。

科学家发现灯塔水母能够返老还童

北京时间 1 月 31 日消息，据英国《每日邮报》报道，日前，科学家发现一种奇特的海洋微型生物能够返老还童，在达到性成熟年龄完成交配之后能恢复到年轻幼体状态，它们是现今世界上唯一掌握"长生不老"秘诀的物种。

这种微型海洋生物叫作"灯塔水母"（Turritopsis nutricula），一旦它们达到性成熟年龄完成交配之后，就又返回至幼体状态。从海洋生物学角度来讲，灯塔水母是一种水螅类生物，也是唯一能够完全恢复到年轻态的物种，而且这种返老还童的方式可以无限期循环。也就是说，只要它们不被掠食者吞食，它们就能长生不老。

灯塔水母这种长生不老的秘诀在于它们的细胞发育具有"交叉分化进程"。许多水母家族的物种成员通常在完成繁殖之后就死亡，只有灯塔水母具有这种奇特的功能，可以返回至年轻幼体状态。

据悉，研究人员发现这种奇特的海洋生物纯属偶然，目前这种体长 0.2 英寸的生物成为许多海洋生物学家和基因学家复合性研究的重点对象。灯塔水母主要生活在热带海洋水域，科学家认为，它们将会逐渐扩散至全球海域。

长生不老的生物，这真是令人难以相信。如果有一只一直没有被掠食者吞食的灯塔水母，活了几百万、几千万甚至上亿年，会变成什么模样？

而由水母进化而来的海底人，又和灯塔水母有什么关系呢？

这个生活在海洋中，远比人类更神奇的庞大族群，还有多少我不知道的秘密呢？

图书在版编目（CIP）数据

凶心人·变形人 / 那多著 . -- 北京：北京联合出
版公司，2020.5

ISBN 978-7-5596-4064-2

Ⅰ.①凶… Ⅱ.①那… Ⅲ.①推理小说－小说集－中
国－当代 Ⅳ.① I247.7

中国版本图书馆 CIP 数据核字（2020）第 037562 号

凶心人·变形人

作　　者：那　多
责任编辑：管　文
出版监制：柯利明　吴　铭
总 策 划：张应娜
特约编辑：苗露露　赵艳林
营销推广：陈　慧
封面设计：辰星书装

北京联合出版公司出版
（北京市西城区德外大街 83 号楼 9 层　100088）
三河市双升印务有限公司印刷　新华书店经销
字数 194 千字　880 毫米 × 1230 毫米　1/32　7 印张
2020 年 5 月第 1 版　2020 年 5 月第 1 次印刷
ISBN 978-7-5596-4064-2
定价：39.80 元